ちくま文庫

吉本隆明という「共同幻想」

呉智英

筑摩書房

目次

序章 「吉本隆明って、そんなに偉いんですか？」 9

第一章 評論という行為 21

1 「マチウ書試論」の文体と主題 22

（1）理解困難な文章と構成 22

（2）「関係の絶対性」という主題 30

2 難解という値打ち 42

（1）小林秀雄が見せた「集団の夢」 42

（2）花田清輝と知識人世界 51

第二章　**転向論**　61
1　同時代人の転向論　62
（1）転向とその論じ方　62
（2）吉本隆明の転向論　73
2　非転向者の偉業　88
（1）非転向の貴族　88
（2）非転向者の政治感覚　95
第三章　**「大衆の原像」論**　103
1　六〇年安保の吉本隆明　104
（1）安保闘争の「思想的弁護」　104
（2）安保闘争の実相　117
2　「吉本大衆神学」の成立　133

（1）何でもかんでも「大衆」 133
（2）「大衆神学」と民主主義原理主義 150
（3）「自立」の大衆文化論 159

第四章 『言語にとって美とはなにか』 167

1 プロレタリア文学の死亡宣告と文学の一般理論 168
2 言語客体と言語主体 181
3 文学論、言語論の背景 198

第五章 『共同幻想論』 205

1 『共同幻想論』の読まれ方 206
2 三つの「幻想」 212
3 「個」という欲望、「男女」という欲望 220

第六章　迷走する吉本、老醜の吉本　233
1　残照の中の吉本隆明　234
2　迷走する大衆神学の司祭　241
終　章　「吉本隆明って、どこが偉いんですか？」　255
補　論　吉本隆明に見る「〈信〉の構造」　261

吉本隆明という「共同幻想」

序章
「吉本隆明って、そんなに偉いんですか？」

　二〇一二（平成二十四）年三月、評論家で詩人でもある吉本隆明が死去した。一九二四（大正十三）年十一月の生まれだから、当年八十八歳であった。亡くなるほんの二カ月ばかり前には「週刊新潮」に「反原発で文明は猿のレベルにまで退化する」というコメントを寄せ、物議を醸した。この発言については後で検討するとして、長寿化が進んだ現代とはいえ、八十代後半になってまで現役の評論家としてその発言が注目された評論家は、吉本以外にそう多くはない。

　吉本隆明は戦前戦中期に学生時代を送り、二十代は終戦期の十年間にほぼ重なっている。二十代の終わり頃から論壇や詩壇の一部で注目されるようになった吉本は、「一九六〇年安保闘争」の前後から学生を中心とするこれまた一部の青年に愛読者を獲得するようになった。この六〇年安保の年、吉本は三十六歳であった。そして一九六〇年代後半の全共闘運動など「学生反乱の時代」には、彼らに多大な影響を与えるように、しばしば良識の虚妄を撃つ評論で注目を集めた、と言われている。本当にそうなのかどうかはよく分からないが、そう言われているのは事実である。確かに、ジャーナリズムに登場する言論人や小説家で吉本を信奉し、その著作に言及する人は多い。そういう人たちは吉本を「戦後最大の思想家」と称える。

そんな履歴と評価もあって、死後しばらく新聞や雑誌が競うようにして吉本隆明追悼特集を組むことが続いた。そこにも「戦後最大の思想家」という言葉が溢れた。

しかし、これを機に吉本隆明の著作が売り切れになって書店の棚から消えたというようなことはなかった。図書館で吉本の著作に貸出予約が集中し順番待ち状態であるというような話も聞かなかった。吉本の著作は、一部ジャーナリズムの大袈裟な扱いの割りには、格別売れもせず読まれもしなかったのである。これは、既に一九九〇年代に入る頃から見られる傾向である。ただ一九六〇年頃から一九八〇年代中頃までのおよそ四半世紀の間に青年期を送った人たちの間で、正確に言えば、その人たちの中の「インテリっぽい」人たちの間で、その人たちが青年であった時代に吉本は読まれていたのである。不思議な文化現象である。

吉本隆明のキーワードの一つは「大衆の原像」である。これは「本当の大衆の姿」

という意味の吉本風造語である。しかし、そう解説されなければこの言葉は「本当の大衆」に理解できない。解説するのは、通常、評論家や大学教授などのインテリである。インテリに解説されなければ本当の大衆に理解できない「本当の大衆の姿」というのも不思議なキーワードである。

そんな吉本隆明が、本当の大衆のみならず、一九九〇年前後からはインテリっぽい青年たちにもさほど重視されなくなった。

このことについて、フランス文学者であり「永遠の吉本主義者」である鹿島茂は『吉本隆明1968』（平凡社新書、二〇〇九）の冒頭に、若い編集者との対話の形で次のように書いている。

「吉本隆明って、そんなに偉いんですか？」
「偉いよ、ものすごく偉い」
「そうなんですか。でも、ぼくなんか『言語にとって美とはなにか』とか『共同幻想論』を読んでも、その偉さがよくわからなかったし、鹿島さんなんかの世代の人が吉本、吉本って、尊敬をこめた口調で言うのがなぜなのか、いまひとつ理解できないですけどね」

「うーん、それは確かにそういう面はあるかもしれないな。ぼくも、今の若い世代の吉本隆明論に目を通すと、なんかこう、吉本の一番大事な核みたいなところが捉えられていないという印象を持つからね」

「それはどういうことなんです?」

「吉本隆明の偉さというのは、ある一つの世代、具体的にいうと一九六〇年から一九七〇年までの十年間に青春を送った世代でないと実感できないということだよ」


先に私が述べたこととほぼ同じように、思想界における吉本隆明の現実を位置づけている。違うのは、私が吉本を偉いとは思っていないというところである。私は鹿島茂より三歳年長であるだけの同世代の人間であり、同じ時代の文化を当然体験しているのだが「永遠の吉本主義者」では全然ない。むしろ、「一九六〇年から一九七〇年までの十年間に青春を送り」その頃吉本を読みながら吉本に懐疑的であり、その後、懐疑は批判にまで高まり、著作にしばしばそのことを表明してきた。吉本没直後の新聞や雑誌にも批判的なコメントを寄せた。吉本追慕称讃の声がページを埋める中、例外的な一人であった。

私には、鹿島茂のような現代を代表する優れた知性の持ち主が「永遠の吉本主義者」であることが不思議でしかたがない。私は鹿島の書くものをいくつか愛読しているし、後に援用するつもりである。そのほかにも、次のような事例を見る時、鹿島が大学人として専攻分野で一流であるのみならず、豊かな教養を背景にしてジャーナリズムでも見識を発揮する本物の知識人であることが分かるだろう。

数年前、ある月刊誌が「アウトロー」を特集した。何人もの著名な寄稿者がそろってアウトローを「既成の社会秩序から踏み出す荒ぶる勇者」と誤解して論じる中、ただ鹿島茂一人が「法の恩典と保護の外に置かれ、法に守られず、人権も認められない人」と正しく理解していた。アウトローとは社会秩序を外れた人ではなく、社会秩序から追放された人である。孤高を選択した一匹狼ではなくて、捨てられた野良犬である。こんなことは英和辞典を引きさえすれば分かる基本知識であるのに、全く逆に誤解している著名な寄稿者たちが真逆《まさか》と思われる珍論を展開していたのである。

「アウトロー特集」での鹿島茂の発言を読んだ時、私はますます鹿島への敬意を深めた。その後しばらくして読んだのが『吉本隆明１９６８』であった。私は「永遠の吉本主義者」を名乗る鹿島に憮然《ぶぜん》とした。「憮然」とはもちろん「落胆する様子」を言うのであって「ブッとむくれる」という意味ではない。「真逆」は「まさか」と読み、

「憮然」は「落胆する様子」の意味に使うことが、「言語にとっての美」の一つの肝要な点である。こうしたことについては本論でもいくつか述べることになろう。

ともあれ、鹿島茂でさえ吉本隆明への尊崇の念を表明する知的状況はどこかおかしくないか。本当に、吉本隆明って、そんなに偉いんだろうか。実は、吉本隆明は一部の知識人たちの「共同幻想」なのではないか。そして、ひょっとすると、これはこの五十年の知的迷妄の象徴であり、近代日本に潜在する広汎な「知識人の病」の露頭なのではないか。新聞も雑誌も「戦後最大の思想家」がまるで〝崩御〟でもしたかのように追悼する中で私はそう思った。

私自身の学生時代の体験を話してみよう。

私は一九六五（昭和四十）年に大学に入学して上京した。それまで吉本隆明を読んだことはなかった。その名前さえ知らなかった。私だけのことではなかったと思う。高校時代、年齢相応に読書好きだった友人たちの口から吉本の名を聞いたことはなかった。私は一九四六年名古屋の下町に生まれ、高校まで名古屋の学校に通った。文化環境としてはとりたてて良いというほどではなかったが、決して悪いというわけでもなかった。高校への通学途中にちょっと寄り道をすれば、本屋も図書館も美術館も映画館もあった。それでも吉本の本を読んだことはなかったのである。

私より上下数年の年齢差がある人たちの例を見てみよう。

先にも出てきたフランス文学者の鹿島茂は一九四九年生まれで、私より三歳年下だが、高校二年の時に吉本隆明を読んでいる。青少年の読書傾向を考える時、一九六〇年代では、三年という時代差が意外に大きいとともに、鹿島が横浜生まれであることの地域差も大きいだろう。東京の文化的流行がすぐに波及しやすいからである。

鹿島茂とは逆に私より二歳年上の文芸評論家川本三郎も、高校時代に吉本隆明を読んでいた。そして大学で同学年になった松本健一を、吉本も知らないのかと言ってからかった。松本は私と同年生まれだが早生まれで、一年早く一九六四年に大学に進んでいる。川本は一年浪人しているから同学年になったわけである。松本は日本近代思想史研究家だが、早くも大学院生時代に『北一輝著作集』（みすず書房）の編纂《へんさん》に加わるほどの若き俊英であった。それでも大学入学時に吉本を読んでいなかった。川本が東京の中心部にある高校に通っていたのに対し、松本は群馬県で高校時代を送ったため文化的流行の伝播が遅れたのだろう。

こうしてみると、一九六〇年代後半の学生たちに吉本隆明が熱狂的に愛読されたという話も、単純一様なものとして受け取るわけには行かないことが分かるだろう。

それならば、もっと年長のいわゆる大人、社会人はどうだったのか。吉本隆明を愛読していたのだろうか。

先にも少し触れたように、吉本隆明のキーワード「大衆の原像」は、当の大衆にはまず理解できない言葉である。大衆には「げんぞう」と言われても写真の現像しか思い浮かばないだろう。たまたま『広辞苑』を引くような〝知的な大衆〟がいたとしても、この言葉の意味は分からなかったはずだ。私の手元にある『広辞苑』は一九九八年版だが「原像」は載っていない。一九八八年版の『大辞林』にも載っていない。それより三十年以上前の一九六〇年代ならどんな国語辞典にもこの言葉は載っていないのである。一九九五年版『大辞泉』など小学館系の国語辞典には数学用語として「$f:x\to y$ の x をいう」と出ているが、これでは大衆にはなおさら分からない。しかし、知的な大人、教養ある社会人は、大衆の原像という言葉を解説なしで提示されても、そして国語辞典に出ていなくても、文脈上理解できるだろう。原＝オリジナル、像＝イメージ、などと英語に当てはめて自分の解釈を補強することさえできる。

そんな大人や社会人、すなわち、学生時代に政治、歴史、哲学、文学に少しは関心を持ちながらも、それを職業に選ぶことなくビジネスマンや公務員として働き、日本全体を牽引する実務人たちは、一九六〇年代に吉本隆明を愛読していたのだろうか。松本健一が川本三郎に、吉本を知らないからといって嘲笑《あざわら》われたように、社会人は吉本を読んでいないと馬鹿にされたのだろうか。

私は、アルバイト先などで、そういう社会人から今の学生はどんな本を読むのかとよく尋ねられた。私が休み時間に岩波文庫などを開いていたからだろう。そういう人たちは私より十歳から二十歳ほど年上で、大正末から昭和戦前期生まれであった。吉本隆明と世代が重なる人もいた。私は愚かにも、質問に吉本の名を挙げて答えた。

当時まだ全共闘運動は始まっていなかったが（一九六八年から始まり数年間続いた）その予兆を思わせるものは大学にあり、私も無党派ではあったがいっぱし学生運動に加わり、政治について議論したりデモや集会に行ったりしていた。そんな中で、吉本隆明の次のような言葉を知っていたからである。

大衆の原型というものを想定しますと（略）たとえば魚屋さんならば魚を明日どうやって売ろうかというような問題しかかんがえないわけです。（略）つまり生活のくりかえしのなかでおこってくる問題のみをかんがえるというようなものを、大衆の原像、ユニットというふうにかんがえていきますと、そのユニットというものが、そのユニットを保ちながら現在どういうふうに変化しているかということ、そういう問題を知識人が知的な上昇の地点からたえずじぶんの思考の問題としてくりこむというような課題を、意識的な過程として知識人はもっているわけです。（略）いかにして大衆のもっている原イメージというものをじぶんの知識的な課題としてくりこむことができるかというような、そういう課題を、〔知識人は〕たえずもつことを意味します。

（講演「自立の思想的拠点」、単行本『情況への発言』徳間書店、一九六八）

冗長にぐだぐだとしゃべっている中に唐突に生硬な言葉が出てきて分かりにくい。「ユニット」とは「社会の構成単位」という意味である。「知識人の知的な上昇の地点」とは何のことだろう。「大衆から知的に上昇した知識人の位置」ぐらいの意味だろうか。「知識的な課題」という言葉も普通は使わない。単に「知的な課題」である。おかしな造語と分かりにくい構文は吉本隆明の講演のみならず文章にも見られる特徴だが、それはともかく、町の魚屋のような日常生活をそのまま生きている大衆を、社会の構成単位として知的な課題に繰り込むという言葉は、印象に残った。大衆の具体例として魚屋を挙げるのは吉本の得意技らしく、『擬制の終焉』などにもしばしばこの表現は出てくる。これは確かに実感的なうまい表現である。問題はどう「繰り込む」かだが、これについては私には吉本に本質的な異論がある。これがそもそも本書執筆の動機でもあるので、後に詳論することになろう。しかし、本質的な異論を抱えつつも、魚屋の譬《たと》えや大衆の原像を繰り込むことには共感した。若く未熟な学生ながら、社会党・共産党などの「旧左翼」も、安保全学連から続く「新左翼」(後のいわゆる「過激派」につながる)も、どう見ても魚屋を繰り込んでいるとは思えなかったからである。

私はアルバイト先の知的な大人、教養ある社会人に、魚屋を重視する吉本隆明の名を挙げた。政治や歴史に関心を持つ昨今の学生たちを知りたいなら、これを読んでいただきたいと。

しばらくして私がそうした大人や社会人に吉本隆明の読後感を問うと、一様に苦笑あるいは憫笑《びんしょう》を顔に浮かべた。魚屋ねえ、うん、うん、大衆の原像かぁ、なるほどねえ、といった感じである。それは、自分にもあった若い頃のヤンチャや無鉄砲や衒気《げんき》や世間知らずを、今の若者にも見た時の懐かしさと哀れみと侮りと慈しみの込められた微笑であった。

鹿島茂が、一九六〇年から一九七〇年までの十年間に青春を送った世代でないと吉本隆明の偉さは実感できない、と言うのは、事実としてそうだったのである。ただ、私は下限はもう十年ばかり一九八〇年前後まで伸びると思うし、そもそも吉本を偉いとは思わない。本書は、私自身の体験したことを縦糸に、一九六〇年代から四十年ほどの文化情況を背景にした吉本隆明という奇妙な「共同幻想」を論じたものである。この「共同幻想」は近代社会に広汎に潜在している「知識人の病」の現れでもある。

本書では、吉本隆明ほかの煩瑣な原文引用はなるべく少なくし、嚙み砕いた要約表現を使うように心がけた。吉本隆明を（若き日に）愛読した人にも、名のみ知っていて特に読んでいない若い人にも読みやすい本にしたいためである。本書は、吉本隆明の解説書ではなく「吉本隆明という共同幻想」の根底にあるものを考える試みだからである。

第一章
評論という行為

1 「マチウ書試論」の文体と主題

(1) 理解困難な文章と構成

大学一年生になって数カ月の間に、私はそれまで名前も知らなかった吉本隆明の初期主要作をあわてて数冊買い込み、必死で読んだ。松本健一が川本三郎にされたように、私も同学年の友人や先輩たちから、お前は吉本も読んでないのかと、マウンティングされたからである。マウンティングとは、猿の群れの中で上位者が下位者に自分の優越性を誇示確認するために交尾類似行動をとることである。俺の方がお前より上位なんだぞ、分かったか、というわけである。学生はこの世に生まれてまだ日が浅いので、猿からあまり進化していないのかもしれない。

数冊読んだ吉本隆明の著作は、一九六〇年をはさむ三、四年間に出版されたもので、中でも『芸術的抵抗と挫折』(未來社)には吉本の最初期の重要論文「マチウ書試論」が巻頭に収録されていた。これが執筆されたのは一九五四年から一九五五年にかけてで、吉本が三十歳の時である。

「反逆の論理」と副題された「マチウ書試論」は、次のように始まる。

マチウ書の作者は、メシヤ・ジェジュをヘブライ聖書のなかのたくさんの予約から、つくりあげている。この予約は、もともと予約としてあったわけではなく、作者がヘブライ聖書を予約としてひきしぼることによって、原始キリスト教の象徴的な教祖であるメシヤ・ジェジュの人物をつくりあげたと考えることができる。

何のことだかさっぱり分からない。それでも必死に読んだ。もうマウンティングされてばかりは嫌だ、一日も早く猿から人間になろうと心に誓っていたからである。分からないなりに遮二無二《しゃにむに》何ページか読み進んでいくうち、この著者がどうやらキリスト教や聖書のことを論じているらしいことだけは分かった。

「マチウ書試論」は、それまで私が読んだどの文章とも違っていた。といっても、それまでどれだけの文章を読んでいたというわけではない。文庫本や新書本、その他、入門書、概説書のたぐいを、読書好きの高校生として読んでいた程度である。しかし、「マチウ書試論」は、それらの文章とは構成も言葉も記述も違っていた。

私がそれまで読んだ本は導入部から始まる。前書きや序章、またそれに当たる書き出し部分で、著者の意図、その本の主題がまず提示される。次いで、詳しく本論が展開され、最後に結論やまとめが述べられる。後年読むようになる本も、基本的には同じような構成であった。学術論文には、サマリー（要約）が初めに付いたものもある。そういった構成の本でも「大衆を繰り込む」ことはなかなか容易ではなかろうが、普通に本好きの「読者を繰り込む」可能性はずいぶん広がるだろう。

もちろん、読者にフェイントをかけるような種類の本もある。典型的には探偵小説で、導入部でトリックや犯人が提示されてしまっては探偵小説にはならない。それは最後に名探偵によってやっと明らかにされるのだが、これもまた「読者を繰り込んだ」構成である。そうでなければ読者は納得しまい。また、純文学では美意識や効果のため、主題が予想外の展開をしたり、わざと結論をぼかしたり、というレトリックが使われることもあるが、これも読者を意識したものであり、やはり読者を「繰り込んでいる」のである。

しかし、「マチウ書試論」は全く違っていた。著者の意図も主題もまるで分からない。そもそも「マチウ」とか「ジェジュ」が分からない。「ヘブライ聖書」も、「ヘブライ」や「聖書」は別々には分かるが、「ヘブライ聖書」となると分からない。繰り返される「予約」も分からない。映画館やホテルの予約とは無関係であるらしいことしか分からない。「ヘブライ聖書を予約としてひきしぼる」となると何のことやら皆目見当がつかない。
一般に吉本隆明は難解だと言われ、没後の新聞などの追悼記事にも、一九七〇年前後の学生がその難解な文章と格闘するように取り組んだとあったが、それはこのような文章を指してのことである。
私は何か手がかりでもないだろうかと、「あとがき」をめくってみて、やっと分かった。こうある。

「マチウ書試論」は（略）自分の思想形成にとって、影響の大きかった新約書に、とりくんでみようと試みた評論である。「マチウ書」というのは、いわゆる「マタイ伝」のことであり、わたしは、ここで勝手に「マチウ書」とかえてしまった。登場人物の名前も、書名もかえてしまった。

聖書の中の冒頭の篇は、普通、「マタイ伝」と呼ばれている。それを勝手に「マチウ書」とかえてしまったというのである。「マタイ伝」という名称は「マタイ伝福音書（マタイの伝えた福音書）」を下略した言い方で、「マタイ福音書」「マタイ書」という略し方もある。しかし、「マチウ書」という名称はまず聞かない。何でわざわざそんな分かりにくい改称をするんだろう。

理由らしきものを探してページをあちこち繰るうちに、「マチウ書試論」の最終部分に、註がついていることに気づいた。

註　聖書のテキストは、La Sainte Bible par Louis Segond（nouvelle édition revue avec parallèles:Paris 58 rue de Clihy 1949:imprimé en Angleterre）を用いた。日本語訳聖書も対照したが、あの文語体の、壮厳《ママ》で曖昧な一種の名訳を引用する気になれなかったのである。

つまり、フランス語版の聖書をテキストに使ったから、人名や書名（篇名）もフランス語読みに変えたというのである。その理由は、文語訳聖書の「荘厳で曖昧な名訳」を好まなかったからである。例えば「イエス・キリストの誕生《たんじやう》は左《さ》のごとし。その母《はは》マリヤ、ヨセフと許嫁《いひなづけ》したるのみにて、未《いま》だ偕《とも》にならざりしに、聖靈《せいれい》によりて孕《みごも》り、その孕《みごも》りたること顯《あらは》れたり」というような訳文のことだろう。ただし一応はそれも比較対照しながらフランス語版の聖書を使ったというのだ。

文語訳聖書は、今でもその「荘厳さ」で愛読する人が多いが「曖昧」だという批判はあまり聞かない。むろん、現在の時点から見れば不正確だという声は当然あり、聖書は何度も改訳されている。これは翻訳が不正確というわけではなく、ギリシャ語やアラム語などの原義による聖書の原文研究が進歩した現代ではその言葉の解釈が不正確という意味であり、そうであれば、原語版以外、日本語版だろうと英語版だろうとフランス語版だろうと大同小異である。また、文語体では現代人には親しみにくいというので、「荘厳でない」口語訳も一九五四年に日本聖書協会から出ている。ちょうど吉本隆明が「マチウ書試論」の第一章を書き始めた年である。

そうなると、吉本隆明がフランス語版聖書をテキストにして「新約書に、とりくんでみよう」とした真意が分からない。「新約書」というのはあるいは「新約聖書」の脱字かもしれないが、「マタイ伝」を「マチウ書」とし、「イエス」を「ジェジュ」としなければならない理由は何なのだろう。「マタイ」や「イエス」をフランス語読みに変えるのに何か意味があるとして、それなら「ヨルダン河」はこれでいいのだろうか。フランス語読みでは「ジュルダン Jourdain」である。「ヨルダン河」と用字する理由も分からない。吉本が参照した文語訳聖書では「ヨルダン川」としている。通常、「河」は大きなもの（黄河）を指し、「川」は川一般か、小さなもの（春の小川）を指す。ヨルダン川は決して大きな「河」ではない。文語訳聖書はそこを「曖昧」にせず「川」と正確に訳している。また吉本は「Exode」は「エジプトからの脱出記」としているが、これはなぜフランス語読みで「エグゾド」としなかったのだろう。それでは日本人読者に通じないというのなら「マチウ書」も「ジェジュ」も通じない。文語訳聖書では「出埃及記」、現代語訳聖書でも漢字表記のみ改めて「出エジプト記」である。

さらに分からないのが「予約」である。文脈上「予言（預言）」の意味だろうと見当がつくが、これを「予約」とすることが、曖昧を排した正確な訳なのだろうか。「予約」は「予め契約する」という意味で、「予言」とは全く意味が違う言葉である。現に、後の方では「第二エサイ書の予言者のような」とか「予言者の墓を建て」と吉本隆明は書いている。フランス語版の聖書には「予言 prophetie」とは別に「予約 réservation」という言葉が出ているのだろうか。そんなことは考えられない。

「予言」「預言」については、それこそ曖昧で不正確な使い分けがキリスト教側でも横行してきたことを、博識の支那文学者高島俊男が『お言葉ですが…第十一巻』（連合出版、二〇〇六）で指摘している。この二語はそれぞれ意味が違うとする使い分けである。しかし、高島の指摘するところでは、「予」と「預」は異体字にすぎず、同じ字で字体が違うだけのものである。従って、「予言」は「未来のことを予め言う」、「預言」は「神の言葉を預かる」という、よく聞く区別は全くの誤りなのである。「予言」も「預言」も同じように「未来のことを言う」という意味である。現に、英語では「prophecy」ただ一語、その原義は「前・言う」である。詳細は同書に譲るが、「予言」と「預言」を区別する誤用は、相当広く日本中に浸潤しており、私も高島の文章を読むまで気づかなかった。それを既に一九五四年に吉本隆明は指摘したかったのだろうか。そうとは思えない。

どうやら、吉本隆明という人の文章は、言葉もおかしいし、構文も構成もおかしい。漠然とではあるが、私は直感でそう思った。

吉本隆明が「難解」なのも当然といえば当然である。日本語としておかしいからである。それを一九七〇年前後の学生たちは必死になって読み、お互いにマウンティングしあっていたのである。だが、口に出して、吉本はおかしな文章を書くから難解だとは言えなかった。もうそれだけでマウンティングされてしまうからであった。

(2)「関係の絶対性」という主題

吉本隆明は「マチウ書試論」で何を言いたかったのか。その主題は何なのか。これは全七十ページの最後の三ページになってようやく分かる。吉本流のキーワードでいえば「関係の絶対性」である。これまた理解しにくい言葉であり、検討を要するだろう。

ともかくも、私は「マチウ書試論」を遮二無二通読した。そして、おぼろげながら吉本隆明がキリスト教になぞらえて思想やイデオロギーについて語っていることが分かった。おぼろげながらでも分かっただけ、十八歳の大学一年生としては上出来で、むしろ自慢してよいことだったろう。というのは、しきりにマウンティングしてくる連中で聖書やキリスト教についての基礎知識を持っている者はいなかったからである。

私は高校時代に聖書を読んで強い印象を受けた。だからといってキリスト教に入信する気は毛頭なかったが、この奇妙な魅力と迫力のある思想体系が西洋世界を支配しているようだと、何となく気づいたのである。学生運動に加わるようになってマルクス主義（共産主義）を知るようになると、ああ、これはキリスト教の変種ではないか、共産党はローマ法王庁と同じだと思った。少し後で、歴史家で評論家の林達夫（一八九六〜一九八四）の『共産主義的人間』（一九五一）を読むと「エンゲルスが『原始キリスト教史考』や『ブルノー・バウエルと原始キリスト教』において、またハロルド・ラスキが『信仰・理性及び文明』において試みている、キリスト教とコミュニズムとの歴史的比較をもっと押し進める」という記述があり、キリスト教とマルクス主義の類縁関係は既に研究されていたのだと知る。しかし、マウンティング仲間にそんな話をしても、みんな怪訝《けげん》な顔をするばかりだった。

その二十年ほど後に大学でマンガ論の講義をするようになった時も、学生たちがキリスト教について何も知らないことを痛感した。私はマンガ論のテキストに中沢啓治『はだしのゲン』を使っている。この作品に描かれた被爆を体験した人々の奇妙な現象を読み解くには、マイケル・バークンや北原糸子の言う千年王国的災害論の視点が一つの有効な方法である。これを学生たちが理解するためには、当然キリスト教の基礎知識が必要となる。しかし、学生たちはキリスト教についてまるで知らない。「イエス・キリストはユダヤ人なんだよ、というところから始めなければならない。「新約聖書」は「新訳聖書」ではないよ、と説明しなければならない。

一九六〇年代だって事情はさほど違ってはいなかった。「マチウ書試論」はまたそういった意味でも当時の学生たちにとって難解だった。吉本隆明は、大学でマンガ論の講義をする私とは違って、「学生の原像を繰り込む」配慮も努力も全くしていないのである。

先に引用した「マチウ書試論」冒頭の数行をもう一度引用し、学生の原像を繰り込んでリライトしてみよう。

〈吉本隆明の原文〉

マチウ書の作者は、メシヤ・ジェジュをヘブライ聖書のなかのたくさんの予約から、つくりあげている。この予約は、もともと予約としてあったわけではなく、作者がヘブライ聖書を予約としてひきしぼることによって、原始キリスト教の象徴的な教祖であるメシヤ・ジェジュの人物をつくりあげたと考えることができる。

〈リライト〉

新約聖書マタイ伝の著者は、救世主イエスを旧約聖書の中のたくさんの予言から、作り上げている。この予言は、もともと予言としてあったわけではなく、著者が旧約聖書を予言の書としてそこから強引に抽出することによって、原始キリスト教の象徴的な教祖である救世主イエスの人物像を作り上げたと考えることができる。

このようにすれば、構文も字数もほとんど変わらないまま、難解さは激減する。導入部としてはこれでも論者の趣旨がつかみにくく、さほど感心できないが、少なくとも端《はな》から読者を念頭に置かない文章ではない。こういう当たり前の文章を吉本隆明は書かないのである。

冒頭部分の原文のうち「ヘブライ聖書」だけは、吉本隆明なりの意味があるのかもしれない。旧約聖書は、初めから旧約聖書と呼ばれていたはずはなく、キリスト教の新約聖書が現れてから、それとの対比で旧約聖書と呼ばれるようになった。イエスの時代に「聖書」と言えばこの旧約聖書のことである。イエスを救世主（ヘブライ語系で「メシア」、ギリシャ語系で「キリスト」）と認めないユダヤ教では、当然新約聖書も認めず、旧約聖書だけを聖書とする。吉本は、そのことを意識して、旧約聖書という言葉を使わず、「ヘブライ聖書」と言ったのかもしれない。しかし、それならそのように説明すべきだろう。というのは、新約聖書の中に「ヘブル書」という一篇が収録されているからである。これは「ヘブライ書」と称されることも多く、旧約聖書を「ヘブライ聖書」としたのでは「ヘブライ書」と紛らわしくなる。吉本の書くものは、わざわざ読者の原像を繰り込まないようにしているとさえ思える。

さて、吉本隆明は「マチウ書試論」の冒頭から九割以上をマタイ伝の成立、すなわちイエス像の成立の批判的分析に当てる。

それは、キリスト教の側で言うのとは全く違って、イエスと洗礼者ヨハネとの出会いのシーンにさえ、「その背後には、血なまぐさい現実と、苛酷な思想的な抗争がさわいでいるのが推察される」。すなわち、ユダヤ民族とこれを支配するローマ帝国との軋轢、またユダヤ民族内の階級対立、それらを受けて成立しつつあるキリスト教と伝統的なユダヤ教との確執、こういった過酷な現実がマタイ伝のイエス像には反映されている、というのである。

これはその通りであるが、一九五四年の時点で、別に目新しい解釈ではない。キリスト教徒としてキリスト教側の見解だけを耳に注ぎ込まれていれば、キリスト教は愛の宗教であり、イエスは罪に苦しむ人々を救うためにこの世に現れたのだと信じるだろうが、非信者でありながらキリスト教に関心を持つ者は、そうではない。「マチウ書試論」が書かれたほんの七、八年後に私はまだ高校生であったが、その程度の知識はあった。

私がそんな知識を何によって得たのか、記憶ははっきりしないが、何かの概説書のたぐいだったろう。そんな本は当時いくらでも出ていた。

　大学に入ってから読むことになるのだが、古くは明治四十一（一九〇八）年に、哲学者波多野精一（一八七七～一九五〇）が『基督教の起源』を出版している。ここには四つの福音書の先後関係も解説されているし、イエスの実像に関する同時代の「史料は決して豊富でない」とも述べ、ヨセフスのユダヤ戦記の「いわゆるキリストの兄弟ヤコブ」という一語以外に見当たらない、としている。現代の研究では、秦剛平『ヨセフス』（筑摩書房、二〇〇〇）にあるように、この一語にさえ疑問符が付く。しかし、既に二十世紀初めの欧米の聖書研究は、単純で神秘的な教会神学の水準では決してなかった。

　吉本隆明も「あとがき」で「マチウ書試論」執筆の経緯を振り返り、波多野精一の著作ほか、当時話題となっていたアルトゥール・ドレウス『キリスト神話』（岩波書店、一九五二）などを読んだとしている。そうなると、繰り返すが、「マチウ書試論」の前半部九割は、マタイ伝とイエス像の成立について、キリスト教教理の外側で蓄積された当時の主要な研究をまとめたに過ぎないということになる。それを吉本特有の理解困難な日本語で記述したのを、何も知らないまま、学生たちが悪戦苦闘して読んでいたのである。

「マチウ書試論」は、最後の三ページこそ、「関係の絶対性」というキーワードとともに、吉本隆明の言いたかった主題である。それまで六十ページあまりも延々と論じられたキリスト教の話は、実はその全体があしびきの山鳥の尾のしだり尾のように長々しい一種の序なのだ。この序は要するに、キリスト教の側では、自分たちの教理は真理だと主張しているが、その教典、教団の成立過程を検討すれば、真理であるとは揚言できないだろう、というキリスト教研究史の確認であり、この長々しき序によってようやく吉本は主題を導き出す。

主題を論じる最後の三ページの中で、要となるのは次のような文章である。どれもほとんど同旨である。

マチウ書が提出していることから、強いて現代的な意味を抽き出してみると、加担というものは、人間の意志にかかわりなく、人間と人間との関係がそれを強いるものであるということだ。人間の意志はなるほど、撰択する自由をもっている。撰択のなかに、自由の意識がよみがえるのを感ずることができる。だが、この自由な撰択にかけられた人間の意志も、人間と人間との関係が強いる絶対性のまえでは、相対的なものにすぎない。

関係を意識しない思想など幻にすぎないのである。

秩序にたいする反逆、それへの加担というものを、倫理に結びつけ得るのは、ただ関係の絶対性という視点を導入することによってのみ可能である。

人間は、狡猾に秩序をぬってあるきながら、革命思想を信ずることもできるし、貧困と不合理な《ママ》立法をまもることを強いられながら、革命思想を嫌悪することも出来る。自由な意志は撰択するからだ。しかし、人間の情況を決定するのは関係の絶対性だけである。

つまりは、吉本隆明は、政治や歴史への反抗やその逆の加担を倫理的に問いつめたり、倫理的評価の基準にすることはできない、ということを主張したいのである。なぜならば、加担にしろ反抗にしろ、人間が自由に選択しているように見えながら、人間と人間の関係が強く関わっているからである、と。これを吉本は「関係の絶対性」と呼ぶ。

しかし、別に目の覚めるように斬新なことを言っているとは思えない。悪政への加担者だろうと反抗者だろうと、詳しく検討すれば、それぞれに事情はあるだろう。何かの欲に駆られて加担することもあるだろうし反抗することもあるだろう。錯誤や一時の激情から加担することも反抗することもあるだろう。侵略軍の凶暴な兵士が実は愛妻家で子煩悩だったり、レジスタンスの英雄が実は吝嗇《りんしょく》な小心者だったりすることもある。たまたま敵が弱かったから勇者になった者もあるだろうし、射た矢が偶然通りかかった敵将を貫くという殊勲もあるだろう。そんな例は歴史上珍しいことではない。

そうであれば、確かに、倫理や自由意志よりも、人間関係、社会関係全体が、人間の行動を決めていると言える。

しかし、それは「関係の絶対性」というほどのことだろうか。関係要因は重要であるというだけのことであり、そんなことはまともな歴史学者、社会学者、心理学者は、誰でも言っている。だが、これを「関係の絶対性」という奇妙な造語にまとめたことで「マチウ書試論」は一九六〇年代の学生たちを魅了するようになった。まさしく、一九六〇年代という時代関係の絶対性であり、学生集団という社会関係の絶対性であった。むろん、私はこれを絶対だとは思わない。時代関係、社会関係は、重要であるとは思うが、絶対というほど絶対であるはずはないからである。
吉本隆明自身、「関係の絶対性」という言葉はちょっとまずかったかなぁと思ったらしく、一九七〇年になって評論集『情況』（河出書房新社）では次のように解説を加えている。

思想の真理を保証するのはなにか。なにかわからないとしても、それが思想の数だけ恣意的にあらわれる主観的な〈確信〉や〈正義〉ではないことだけは確かである。これははっきりつかめなかったが、〈関係の絶対性〉と名づけることができるようにおもわれた。ここであらわれる〈絶対性〉という言葉は、観念の問題でないとすれば〈客観性〉とよぶべきところであった。

思想はその思想の側で自ら真理であると主張しても、それは主観に過ぎず、客観性はない。客観性は、思想そのものの内側に求められるのではなく、思想が成立している社会関係、人間関係の中に求められるべきである。自分は十五年前に「関係の絶対性」と言ってはみたものの、本来は「関係の客観性」と言うべきだった。こういう述懐である。なぁーんだ、あの難解な「関係の絶対性」って、この程度のことだったのか。

いや、これでも日本語としてあまりこなれてはいない。「関係は客観的」とすれば、もっと分かり易い。「思想は主観的、関係は客観的」と対比的にまとめれば、さらに分かり易くなるだろう。そして「関係の絶対性」なんて言ったって、ほとんど常識論を出ていないことが分かるだろう。

とはいうものの、吉本隆明がこの程度のことになぜかくもこだわりを見せたのか。それこそ、大東亜戦争敗北後十年に満たない思想状況という時代関係の客観性がここに観察されよう。

一つには「戦争責任追及」の問題、もう一つにはこれと裏腹の関係にある「転向の倫理性」の問題が、吉本隆明の中にはあったはずである。吉本は、戦前戦中、ほかのほとんどの青少年がそうであったように軍国少年であった。それが敗戦によって裏切られることになる。これはまた戦前の自分を裏切ることでもある。一方で、戦前から侵略戦争・軍国主義に抵抗してきた日本共産党は、歴史の予見者となって「正統性」を勝ち得、転向の負い目のある者たちの上に君臨している。そして、一部で明らかになりつつあるソ連の恐怖政治を隠蔽し擁護さえしている。はたして「思想の真理」は何によって保証されるのか。思想の正統性は思想の党派性の別名ではないのか。時代に抵抗するという時、その「反逆の倫理」(「マチウ書試論」の副題)の根拠は何か。これが吉本にとっての主題であった。

2　難解という値打ち

(1) 小林秀雄が見せた「集団の夢」

吉本隆明の重要テーマであった転向論を検討する前に、吉本の難解な文章について考えておきたい。吉本が転向論において評価を正反対にする小林秀雄と花田清輝が、ともにこれまた常人には理解困難な文章を書いているからである。

一体、評論家の中で別格扱いで信奉される人はしばしば難解な文章を書く。何のためにこんなことをするのだろう。

もちろん、分かり易く書くべきではない文章もある。前にも言ったように、探偵小説で犯人やトリックが分かり易かったら駄作凡作である。分かりにくさこそ眼目なのだ。暗号文書などは、分かり易かったらそもそも暗号文書にならない。これは同じ解読コードを共有する者を限って読ませる文書なのである。また、法律や医学などの専門書はその分野の用語に詳しくない人には必然的に分かりにくい。といって、これを分かり易く日常語で書けば、定義がはっきりした言葉の輪郭がぼやけ、意味が曖昧になってしまう。

しかし、高名な評論家は、分かり易い文章を書いたら、何か不都合なことがあるのだろうか。前節で見たように、吉本隆明の難解な文章は、むしろ誤読を誘っているようでさえある。吉本は暗号文書でも書いているつもりなのだろうか。同じ解読コードを共有する者を限って読ませようとしているのだろうか。私のこの〝邪推〟は結構当たっているかもしれないのだが、それはさておき、吉本に先行する二人の高名な評論家のうち、まず小林秀雄から見ておこう。

小林秀雄（一九〇二～一九八三）は、その名を冠した文学賞が設立されているほど著名な評論家であり、吉本隆明も二〇〇三年に小林秀雄賞を受賞している。

しかし、私は小林秀雄の愛読者ではない。高校時代、友人がよく入試に出るぞと薦めるので読んでみたが、何が書いてあるのか分からず、そのままうっちゃってしまった。幸いにも私の受験したいくつかの大学では一つも出題されなかったが、現代に至るまで小林はしばしば出題されるらしい。分かりにくいところが試験向きとして重宝されているのだろうか。まことに奇妙な業界慣行である。

それでも、私は大学生になってから小林秀雄の『ドストエフスキイ』を読んでみた。しかし、その頃邦訳が出たＥ・Ｈ・カーの『ドストエフスキー』を既に読んでいたので、得るところはなかった。小林はカーを参照してドストエフスキーを論じていたからである。

私とは違い、吉本隆明は、自分の親の世代に近い小林秀雄をかなり高く評価している。『擬制の終焉』（一九六二）所収の「小林秀雄――その方法」という小文は次のように始まる。

第二次大戦をくぐりぬけた文学者のうち思想的な負債の概して少なかった文学者に指を屈するとすれば、だいいちに、小林秀雄をあげなければならないとおもう。

その数行後には「わたしは、戦争中、小林秀雄の熱心な読者であった」とも書いている。終戦後「一億総懺悔」が流行する中、小林は、「僕は無智だから反省なぞしない。利巧な奴はたんと反省してみるがいいじゃないか」、と名言を吐いたが、これも吉本隆明は気に入っていた。小林は共産党員でもなく戦争翼賛者でもなかったので、転向も懺悔も問題にはならず、なるほど「思想的な負債」は少なかったと言えよう。吉本は、戦中、戦後を通して小林の愛読者であり、ずっと後の『文藝別冊・吉本隆明特集号』（二〇〇四）のインタビューでも小林に言及している。

さて、この小林秀雄を論じて、現在抜群に面白いのが、鹿島茂である。

鹿島茂は朝日新聞社のPR誌「一冊の本」に「ドーダの文学史」を二〇〇八年から連載している。「ドーダ」というのは、自らの優越性を誇示して、さあどうだとまわりを威圧する態度のことだ。つまり、マウンティングの一種と言える。このドーダで文学史を読み解こうというわけである。随所に溢れる該博な知識と軽妙なユーモア感覚が鹿島らしくてすこぶる楽しい。

この「ドーダの文学史」、二〇一一年六月号からは、ドーダの真打ち小林秀雄の登場である〔『ドーダの人、小林秀雄』として二〇一六年に単行本となった〕。「語のすべての意味で「ドーダの人」である小林秀雄、これを論ぜずして文学的ドーダを論ずることは出来ないのである」。いよいよ連載の山場だというわけである。

しかし、鹿島茂は小林秀雄が苦手だと言う。ここから先は、鹿島の文章をそのまま引用しよう。ユーモラスかつ辛辣な名文である。


小林秀雄が書いたもので「わかった！」と思った経験が一度もない。文のひとつひとつが理解不能である。また、文と文のつながりもよくわからない。

昔は、わからないのは、こちらの頭が悪いせいだと思っていたが、今になってみると、悪いのは小林秀雄の文の方だったということがわかる。だが、私たち団塊の世代が青春を送った一九六〇年・七〇年代までは小林秀雄神話がいまだ健在で、大学の入学試験にはかならずと言っていいほど彼の文章が出題されていた。

それゆえ、私もいやもおうもなくこの晦渋きわまりない文体と格闘せざるを得なかったのだが、そのたびに、こういう意味不明のことを書く小林秀雄という人も困ったものだが、それを入学試験にあえて出題する大学教師というのはいったいどういう神経をしているのだろうと疑った。

私だけの体験、印象ではなかったのである。鹿島茂も続いて言及しているが、作家の丸谷才一も同じく痛烈な小林秀雄批判をしている。若いところでは、比較文学者で評論家でもある小谷野敦も同様である。鹿島も丸谷も小谷野も東京大学出身者、ということは入試競争の最強勝者でありながら、小林の異常に晦渋な文章に受験生が悩まされる現状を批判しているのだ。

鹿島茂の「小林秀雄的ドーダの批判」では、目が洗われるようなことが何度もあった。

例えば、小林秀雄の手になるアルチュール・ランボーなどフランス文学の翻訳は、いかにも芸術的な名訳に見えながら、誤訳に近い不正確な翻訳だというのである。吉本隆明が「マチウ書試論」を書くに際し、文語訳聖書ではなくフランス語版聖書を使ったのは、その「荘厳で曖昧な一種の名訳」を嫌ったからだと言うが、小林の名訳も「荘厳で曖昧」故の名訳らしい。

これについて、鹿島茂はフランス文学者篠沢秀夫の『フランス文学精読ゼミ』を引用する。篠沢はそこで次のように言う。

小林秀雄によるランボーの散文詩の訳題『地獄の季節』は、「地獄の」は「季節」を修飾し、『地獄のような恐ろしい季節』みたいである。しかし、「全編を読んでみれば、『自分は地獄で一季節を過ごした。それはもう終わった』ということなのが判る。つまり『地獄での一季節』である」。

言われるまで気づかなかった。『地獄の季節』と『地獄での一季節』では、似ているようで全然違う。例えば仮に『アメリカの季節』と『アメリカでの一季節』という二つの本があれば、この題名だけで内容が全然違うことが分かる。前者は、アメリカのような物質文明繁栄の時代という意味だろうし、後者は、アメリカで体験したある時代という意味だろう。

小林秀雄の「曖昧な一種の名訳」つまりは誤訳『地獄の季節』に、破滅的なロマンチシズムの好きな文学青年が惹かれたのである。おそらくそこには、乱暴《ランボー》という反逆的な語感、またアル中《アルチユール》という背徳的な語感も影響していただろう。文学青年なんて、だいたいそんなものである。

しかし、鹿島茂の「小林秀雄的ドーダの批判」を読んでいて、私が心底仰天したのは、小林秀雄の翻訳がおかしいという話ではない。私自身が小林についてあまりにも恥ずかしい誤読をしていたことを知らされたからである。

小林秀雄の最初期の評論に全五話の『アシルと亀の子』がある。文芸時評の形を借りて、理念と現実のどちらが先を行くかを論じるのが全五話の通しテーマらしいことは、大昔これを読んだ私も漠然と分かっていた。この理念と現実を、のろまの代表であるアヒルと亀になぞらえ、それを江戸っ子らしくアシルと書くところが、嫌みと言えば嫌みだと、実に還暦過ぎになるまで私は思い込んでいたのである。

ところが、そうではなかった。小林秀雄の嫌みはそんな低次元の嫌みではなかった。この「アシル」は「アキレウス」をフランス語読みしたものだったのである。私は嫌みのどんでん返しに、ほとんど失神しそうになった。

「アシル」はこれを「アキレウス」と書けば、誰でもすんなり分かる。古代ギリシャの詭弁論理学に、駿足のアキレウスはのろまの亀を追い抜けない、という有名な定立《テーゼ》がある。小林秀雄は、理念と現実のどちらが先行するかをこれになぞらえたのである。しかし、それなら一般に通用しているギリシャ語読みで「アキレウス」とすればいいではないか。一歩譲って、「アキレス腱」のように、英語読みもありうる。だが、わざわざフランス語読みする理由がどこにあろう。

どこにあろうと言ったたって、小林秀雄には理由がある。「なんでもいいからドーダしたいという強烈な自己顕示欲」があったからである。へえ、アシルをアヒルと取り違えたのかい、困ったものだねえ、というわけだ。こんな嫌みな小細工が「まかり通ったのは、わからないのはおまえの頭が悪いからだと読者に思わせてしまう超絶ドーダがド迫力で文章から立ち現れてきていたからだ」と鹿島茂はむしろ驚嘆する。

こういう奇妙な小林秀雄現象が成立するのは、書く側の問題であると同時に、読む側の問題でもある。鹿島茂は、巧みな譬喩《ひゆ》を使っている。小林の難解な文章に接した者は、アニメ『キン肉マン』の歌詞のように「言葉の意味はよくわからんが、とにかくすごい」と感心するのだと。そして、その背後には「その時代特有の「集団の夢」」があった。

小林秀雄現象を作者と読者の両方から考察し、「集団の夢」と断じる鹿島茂に間然するところはない。しかし、これはほとんどそのまま吉本隆明に言えることではないか。小林の「熱心な読者」であった吉本、また鹿島が崇敬して止まない吉本に現れた奇妙な現象と同じなのである。

吉本隆明は「マチウ書試論」で「イエス」と言えばいいものをわざわざフランス語読みで「ジェジュ」と言い、「マタイ」と言えばいいものを「マチウ」と言う。しかも、そのフランス語版聖書の読み方もおかしい。そして「文のひとつひとつが理解不能」「文と文のつながりもよくわからない」。「マチウ書試論」に限ったわけではない、そういう難解な吉本隆明を「よくわからんが、とにかくすごい」と感心してきたのは、作者と読者の「共同幻想」だった。私はそう思う。

ただ、吉本隆明が小林秀雄と決定的に違うのは、吉本には「ドーダ」があまり感じられないところである。つまり、吉本は「天然」なのである。嫌みな小細工で難解な悪文を書いたのではなく、吉本にはもともと悪文しか書けないのである。

本当にたちの悪い悪女は、自在にソラ涙を流せる悪女ではない。自然に涙が流れる天然の悪女である。こちらの悪女は、引っかかっていたと分かった後までも、あの涙だけは本物だったと思わせる。事実、本物の涙だったのだし。

吉本隆明はどうやらこちらの方である。

（2）花田清輝と知識人世界

評論家の花田清輝（一九〇九〜一九七四）は、小林秀雄より七歳年下であり、吉本隆明より十五歳年上である。花田は、小林にとってはほぼ同世代、吉本にとっては歳の離れた兄といった世代である。

花田清輝は一九三一（昭和六）年京都大学在学中に小説「七」が「サンデー毎日」の大衆文芸賞に入選する。大衆文芸賞入選とはいうものの、これは現在なら、高踏趣味のエッセイ風小説ということになろう。以後、小説家、評論家、編集者として多面的に活動を続けた。戦後は日本共産党に入党し、一九五五年の同党の路線転換時の前年まで左翼系の「新日本文学」（新日文）の編集長を務めるなど、文化左翼言論人とでもいうべき位置にあった。著作は相当に多く、一九六〇年代には未來社から全集が刊行され、さらに一九七〇年代末にも講談社から全集が刊行開始されて一九八〇年に完結している。二度も全集が出るほどの知名度はあったけれど、今ではごく一部の愛読者以外ほとんど読まれることはなく、影響力は全くない。二度目の全集の刊行の時点で、既にそれに近い状況であった。

その理由は、一九六〇年代半ばに花田清輝は吉本隆明に攻め滅ぼされていたからである。吉本は花田の戦中戦後の言動を激しく攻撃し、花田はなす術もないかのように反撃らしい反撃もせず、特に学生など若い読者の間では吉本完勝・花田完敗と判定されていた。

ただ、もう少し上の世代、一九五〇年代に青年期を送った人たちの間では、花田清輝人気も一九八〇年頃まで細々ながら続き、それが講談社による二度目の全集刊行につながったものと推測される。

一九八六年には、好村《こうむら》冨士彦が『真昼の決闘』（晶文社）で花田・吉本論争を振り返り、実は花田のほうが勝っていたのだと主張した。好村によれば、花田清輝はわざと吉本隆明に負け、吉本を増長させることによって墓穴を掘るように仕向けたのだ、という。常人には理解しがたい論理だが、こういう奇抜なレトリックも、すぐ後で見るように、そもそも花田に特徴的である。好村は一九三一年生まれのドイツ文学者で、ブロッホ、ベンヤミンなど、フランクフルト学派の思想家たちを研究している。同学派は旧来の硬直した共産主義とは一線を画す左翼系の人たち、先述の文化左翼と総称しうるような人たちの集まりであった。そういう好村が花田復権を企図したと考えると、平仄《ひょうそく》が合う。しかし、実際には、花田は全く復権していない。

吉本隆明が花田清輝を攻撃したのは、花田が、戦前、中野正剛の組織した国家主義的な東方会の機関誌に執筆したり、編集に携わったりしながら、戦後は、共産党に入党し、党の文化官僚として新日文を牛耳っていたからである。中野の歴史的評価は難しいところだが、吉本の花田攻撃に一理はある。花田は少くとも表面的には一種の思想的転向をしたわけだし、そうでありながら常に特権的立場にあった。これが吉本の怒りを呼んだと考えられる。一九六〇年代後半、全共闘などの学生たちが日本共産党の幹部やソ連共産党のノーメンクラツーラ（「名簿」。特権官僚を指す）を、最もたちの悪い特権階級として嫌悪した心情と共通するものがある。学生たちに吉本読者が多かったのもこうした理由からである。

では、花田清輝は、どんな評論を書いていたのか。

私が大学に入った頃は、吉本・花田の潮目が変わる時期で、高学年の学生たちの間には花田清輝信奉者がまだかなりいた。例によって私は花田も知らず、あわてて代表作と言われる『復興期の精神』を読んだ。これは戦時中に書かれたものだが、戦後すぐの一九四六年に刊行され、後に角川文庫に収録されていた。私はその文庫本を買ったのである。

読む前に、私は『復興期の精神』について、次のような本だろうと思った。

復興期がルネッサンスのことであることぐらいは、高校の世界史の授業で知っていた。それは、教会や封建領主が支配する中世の暗黒を脱し、古代ギリシャ・ローマのような輝かしい人間性を復興する文化潮流のことである。典型的には、ダ・ヴィンチ、ミケランジェロの芸術である。そうであるから、その精神を論じるということは、生き生きとしたヒューマニズムの価値、また陋習《ろうしゅう》と戦いながらそれを実現した芸術家、文学者の人間観や社会観を説いているのだろうと、私は思った。

もっとも、一九六〇年代半ばには、そんなルネッサンス観は十九世紀に通念となったものだとして、中世の見直しが始まっていたのだが、もちろん私は知らない。私以外にも、西洋史の専門家ぐらいにしかそんな知識はなかった。

さて『復興期の精神』を開くと、第一話が「女の論理　―ダンテ―」である。小林秀雄、吉本隆明の場合と同じだ。何のことだろう、これは。

普通は、まず導入部としてこれから論じる復興期について概説し、次いで第一話で扱うダンテの生没年、出身地、業績などを紹介する。しかし、花田清輝は読む者の意表を衝く切り出し方をしていた。（原文は正字正仮名。以下、現代表記に改める）

女の論理　―ダンテ―

三十歳になるまで女のほんとうの顔を描きだすことはできない、といったのは、たしかバルザックであり、この言葉はしばしば人びとによって引用され、長い間、うごかしがたい真実を語っているように思われてきたのだが、はたしてこれは今後なお生きつづける値うちのある言葉であろうか。人間の半分以上をしめている女のほんとうの顔がかけないで、男のほんとうの顔がかける筈はない。

と、まあ、こんな調子である。

私がこれを読んだ頃は、まだフェミニズムにも、それに先立つウーマンリブにも少し早かったが、それでも男女同権はしきりに叫ばれていた。それに類することを既に戦中に花田清輝は言いたかったのか。世界の半分は女だ、と。どうやらそんなことではないようだ。

それならば、世慣れた通人が青年に、いやあ、女の本性というものは若いうちは分からないもんだよ、という一種の色道指南を、おフランスやおイタリアのエスプリを交えて語りたいのだろうか。これも違うらしいことはすぐ分かる。

では、花田清輝は何を言いたいのか。私は必死に読み進めた。しかし、やはり分からない。「「人間喜劇《コメディ・ユメイヌ》」の時代はおわった。そうして、あたらしく、「神曲《デイヴィナ・コメディア》」

の時代がはじまろうとしている」だなんて、そんなこと何の説明もなしに言われたって、どう理解すればいいのだろう。「チェーホフの『熊』の主人公が、まさに典型的な女の論理だ！　長裾論理だ！　と叫ぶとき、いささかかれ自身、非論理的であるかにみえる」と言われたって、この文章自身が非論理的にしか見えない。

なんだかわけの分からないことが書いてあるなあと思っているうちに、次のような一節で、唐突にこの第一話は終わる。

ただ私は、こういうことができるだけだ。私のベアトリーチェは、決して白い面紗《めんしゃ》の上に、橄欖《かんらん》の環飾をいただいてはいないであろう、緑の上衣のうえに、燃えたつばかりの緋いろの外套をまとってはいないであろう、と。ここで私は擱筆《かくひつ》しようと思うのだが、いささか顧みて内心忸怩たるものがある。すなわち、冒頭に掲げたバルザックの言葉を若干訂正し、以って結語としよう。三十歳をすぎても女のほんとうの顔を描きだすことはできない。

常人には理解できない文章を書くことにこそ「内心忸怩たる」気持ちになってもらいたいところだが、それでも常人の大学一年生である私はこの文章の意味が分かりたかった。そこで、何か参考になることが書いてあるのではないかと、例によって後書きを読んでみた。「跋」すなわち後書きには、こう書いてあった。

戦争中、私は少々しゃれた仕事をしてみたいと思った。そこで率直な良心派のなかにまじって、たくみにレトリックを使いながら、この一聯のエッセイを書いた。良心派は捕縛されたが、私は完全に無視された。いまとなっては、殉教者面ができないのが残念でたまらない。思うに、いささかたくみにレトリックを使いすぎたのである。一度、ソポクレースについて訊問されたことがあったが、日本の警察官は、ギリシア悲劇についてはたいして興味がないらしかった。

私は驚愕した。

「女の論理　―ダンテ―」で始まる『復興期の精神』は、「率直な良心派」つまり反軍国主義、反天皇制の共産主義者に混じって、巧みなレトリックを使いながら「しゃれた仕事」を、つまり巧妙な反軍国主義、反天皇制の文章を書いてみようという試みだった、というのである。ところが、共産主義者は特高警察に逮捕されてしまったけれど、花田清輝は無視され、戦後の今となっては殉教者になれなかったのが残念である。それも、警察は馬鹿ばかりで、私すなわち花田のレトリックの妙を見抜けなかったためである。一度だけ、このソポクレースとは何であるか、と訊問されたことがあったので、ギリシア悲劇についてレクチャーしてやったけれど、ぼんやり、ふむふむと聞いていただけであった。

こういう後書きである。

しかし、考えてもみよう、いかに眼光鋭い特高刑事でも「女の論理　—ダンテ—」が実は反軍国主義、反天皇制を訴えた危険な抵抗文学であると見抜くことが出来るだろうか。日本の特高警察が馬鹿だったからではない。世界中のどんな公安警察でもである。特高警察でも見抜けないほど巧みに隠された反軍国主義、反天皇制のメッセージを、それならば、民衆はそれをどう見抜き、それにどう鼓舞され、それをもとにどう戦えばいいのだろう。私には理解できない。ついでに言っておけば、ソポクレースに興味を示すほど暇な公安警察も、世界中探しても見つかるとは思えない。

しかし、この文庫版には解説が付いていて、そこで著名な文芸評論家の佐々木基一は「花田清輝の戦時中における抵抗」と評している。少なくとも戦後二十年ほどは、花田の「女の論理　—ダンテ—」は抵抗文学であることが、知識人の共通認識だったのだろう。この奇怪な文章を抵抗文学として読めなければ、特高警察なみの粗野な野蛮人と思われたのだろう。

そんなふうにして成立している知識人世界って、おお、これこそ、人間関係の絶対性ではないか。吉本隆明はこのことを言っていたのか。たぶん違うと思うので、知識人については、章を改めて詳しく論じることにする。

第二章
転向論

1　同時代人の転向論

(1)　転向とその論じ方

吉本隆明にとってなぜ転向が重要なテーマであったのか。これが今では分かりにくくなっている。しかし、吉本にとってだけではなく、そもそも文壇・論壇において戦後二十年間ほど転向は重要なテーマであった。その後も一九八〇年代初め頃までは時々これが論じられることもあったが、転向の体験者やその同時代人で世を去る人が多くなり、さらに一九八九年の世界的な共産主義の崩壊・凋落によって転向論への関心は薄れていった。

吉本隆明と転向論について今考察するに際し、まずこのあたりの概説から話を始めなければならないだろう。

「転向」とは、文字通り「方向を転じる」ことである。とはいっても、自動車や船舶などが物理的に方向を転じるようなことは転向とは言わない。では、物理的にではなく思想的に方向を転じれば、それだけで転向と呼ぶかといえば、必ずしもそうではない。美術家が写実主義から幻想主義に転じたとしても、これを転向と言うことはない。また、歴史学者が邪馬台国北九州説から畿内説に転じたとしても、やはり転向とは呼ばない。政治思想において正反対の方向に立場を変えることが、ここに言う転向である。

しかし、そういう転向でも定義の広狭がある。評論家本多秋五の『転向文学論』（一九五七）は転向を論じる際しばしば言及されるが、そこで本多は転向に三分類を考えている。まず、共産主義者が共産主義を放棄する場合、次にもっと広く、明治時代の法学者加藤弘之の民権論から国権論への転換も指すような場合、さらに広く、思想的転換一般を指す場合、という分類である。後になるほど包括範囲が広くなるが、通常議論される転向は、共産主義者が共産主義を放棄する場合を指すだろう。後述する鶴見俊輔は、権力の強制による思想の変化を転向とする。鶴見の見解では「権力」と「強制」が強調される。

こうした先行研究を勘案して転向を説明すれば、政治情勢が緊迫化する中、公権力の暴力や不利益による強制で、自らの政治思想を正反対の方向に、典型的には共産主義から尊皇主義や軍国主義や資本主義の方向に転ずることが転向だということになる。これが平時に自主的に行なわれたのであれば、誰でも考えは変わりうるのだということで、さして重大な問題にはならない。ここでテーマとする転向は、昭和戦前期、過酷な政治状況の下で起こったものである。

日本では大正十四（一九二五）年から昭和二十（一九四五）年の終戦時まで治安維持法が施行されていた。これは、国体（天皇制）と私有財産制（資本主義）を否定する政治活動を禁止した法律で、端的に言えば、共産主義・共産党、またその周辺の思想や運動を弾圧するためのものであった。

治安維持法は刑の上限に死刑を含み、予防拘禁（刑を終えた後も危険であると判断すれば拘禁できる）も認められる苛酷なものであった。一九二八年三月十五日には共産党員が全国で一斉に千六百人も大量検挙された（三・一五事件）。半面、実際には治安維持法単独で死刑が適用された例はなく（ゾルゲ事件の尾崎秀実《ほつみ》は国防保安法と軍機保護法が加わって死刑となった）、司法当局の裁量の余地が大きい予防拘禁が認められていたように、威嚇的性格の強い法律であった。むろん、弾圧の現実が苛酷でないわけはなく、特高警察による逮捕者への拷問は常態化し、プロレタリア小説家小林多喜二（一九〇三〜一九三三）は取り調べ中に虐殺されている。これは、被告に防御権が認められ弁護士が付く裁判における死刑判決より、恣意的であるだけ威嚇効果は強かった。

共産主義と絶縁すると誓う転向宣言をすれば刑が減免されるという法律運用も、治安維持法のこうした特性から生まれる。一般の刑事事件においても真摯な反省を汲んで刑が減免されることがあるが、転向はこれとはかなり違っていたのである。

転向が以上のようなものであるとすると、政治信条において志操堅固たりえたか否かという節義の問題がまず第一に現れ、次にその思想の有効性が第二の問題として現れる。これが戦後にまで世論の関心を引くとともに、転向者・非転向者の心理にも大きな影響を及ぼした。

まず、第一の節義の問題から考えよう。

転向に暴力などの強制力が伴う以上、それに耐えて信念を貫きえたか、同志を裏切らなかったか、という点が、転向者・非転向者を倫理的に分別することになる。もちろん、巧妙な偽装転向もありうるし、暴力に屈しはしたけれど対価を峻拒して隠棲《いんせい》のまま生涯を終えたという転向もありうる。しかし、一般的に、非転向者は転向者より倫理性という点で圧倒的に優位に立つ。殉教者であれば、なおさらである。前章の終わりに見たように、戦後、花田清輝が殉教者になり損ねたと残念がっていることに、それがレトリックだったにしても、こうした事情を読み取ることができるだろう。

次に、第二の思想の有効性の問題である。

転向は、単に自分が敗北したことを認め、相手の寛恕《かんじょ》を乞うて、頭を下げる行為ではない。ある思想から別の思想への転換とその表明である。たとえ獄中という強制下での転換であったにしろ、前の思想は無効の思想であり後の思想は有効な思想であると認め、それを整合的に述べなければならない。自分がそれまでいかに馬鹿げた無効の思想を信じていたかを省察し、それまで敵視していた思想を新しく有効な思想として自分の中に再構築するのである。ところが、転向に際し、しばしばその契機(moment 要因)となったのが、獄中に差し入れられた通俗宗教書の精神訓話であったり人情論をからめた人生訓であった。そうすると、強制下という条件を考慮しても、思想は俗流訓話より弱かったということになる。かくして、近代日本人の思想状況や精神風土を深いところで問い直す作業が求められることになる。

この二つのうち、第一の節義の問題を重視したのが日本共産党であった。これが終戦直後の転向論の主流であり、非転向「獄中十八年」の共産党幹部はそれを錦の御旗として振りかざし、労働運動・社会運動、さらには文学界、芸術界にも、その倫理的正統性を誇った。もちろん、再転向して共産党に加わろうという人たちには「革命的寛容」が示されたが、党内部では再転向者には隠然たる蔑視があった。

第二の問題、思想の有効性を検証する試みは、重要なものがほぼ同じ頃、別個に二つ行なわれていた。

一つは、思想の科学研究会による転向研究で、一九五三年から一九六二年まで足掛け十年という長期間続けられ、その成果は同会編『共同研究 転向』（全三巻、平凡社、一九五九〜一九六二）としてまとめられている。また中心メンバーであった鶴見俊輔の執筆部分は『転向研究』（筑摩書房、一九七六）として単独刊行されている。

思想の科学研究会は鶴見俊輔らが戦後すぐに始めた研究会で、アメリカの社会学、分析哲学の影響を受け、政治思想から大衆文化まで学際的に研究した。月刊誌「思想の科学」を発行し、政治的には市民主義左派という感じだったが、良質な右翼思想家を高く評価して誌面に取り上げるなど、イデオロギーにとらわれない客観性が特徴的だった。こういう立場が、浩瀚《こうかん》な『共同研究 転向』を可能にしたと言えよう。鶴見は、吉本隆明の「転向論」にもいち早く注目し、「この論文の言おうとしていることは、重大である」とその重要性を指摘し、しかし、吉本が批判した花田清輝の戦中の行動については「偽装転向のてれんてくだのすべてを使った」と異なる評価を示した。

もう一つが、吉本隆明による「転向論」（一九五八年執筆）を中心とする一連の評論で、この多くが前章でも扱った『藝術的抵抗と挫折』に収録されている。これは「マチウ書試論」の四年後に書かれ、同じ単行本に収録されていることからも窺えるように、思考方法に共通するものがある。「マチウ書試論」が「反逆の倫理」と副題され、その倫理を当の倫理の外部の「関係の絶対性」（客観的関係）で説明しようとしたように、「転向論」では、転向を倫理（節義）に還元せず、思想の有効性・無効性の観点から論じようとした。

両者は、対象とする人物も批評の立場も少しずつ異《こと》にしながら、転向を「背教」の視点からのみ論じる「護教主義」とは全く違っている。こうした点で、この二者は転向論の画期となった。

しかし、ここでさらに一歩進めて考えてみるなら、何故共産主義者の転向のみがかくも重要な思想的テーマになり、転向者は深刻な心理的苦悩を抱えることになるのだろうか。

歴史を振り返れば、司馬遷の史記・李将軍列伝に描かれ、中島敦がこれを基に小説にした漢の武将李陵も、敵対する匈奴《きょうど》の軍に降り、しかも冒頓単于《ぼくとつぜんう》に認められて匈奴の地で右校王となった。李陵に内心忸怩たるものは当然あり苦悩も深かったが、司馬遷は自らが腐刑（去勢の刑）になってまで李陵を弁護した。論語・憲問篇には、管仲《かんちゅう》は仁者《じんしゃ》に非《あら》ざるか、という問いが出ている。管仲は自分の仕える主君が殺された時、殉死しなかったのみならず、主君を殺した桓公《かんこう》の下で宰相となった。これは節義に悖《もと》り、仁者ではないのではないか、という問いである。しかし、孔子は、天下を平安ならしめた管仲の宰相としての実績を評価した。儒教ではこれを「権《けん》」（現実的選択）という（論語・子罕《しかん》篇）。ドストエフスキーも青年時代ペトラシェフスキー事件に連座して死刑判決を受けながら、刑の執行の直前に恩赦を得、流刑に減刑されている。これは彼のロシヤ回帰の重要な契機となるのだが、別に負い目にはなっていない。

それなら、共産主義からの転向のみ苛烈な倫理性が問われるのはなぜか。

戦陣訓などに見る「生きて虜囚《りよしゆう》の辱《はずか》しめを受けず」の伝統にその理由を求める意見もあるが、私には、禁教時代のキリシタンの「転び」に通じるものがあるように思える。転びキリシタンが負い目の意識を持つのと同じく転向者も負い目意識を持ち、奉教人には転びキリシタンに対する侮蔑感があったのと同じく非転向者には転向者に対して侮蔑感があった。転向者の共産主義放棄はキリシタンのキリスト教棄教と酷似しているのである。

事実、ロシヤ革命の最高指導者レーニンは、エンゲルスの秘書まで務めたカウツキーが社会民主主義に転じると「背教者カウツキー」と罵った。先に林達夫を引いて共産主義とキリスト教の類縁性を指摘しておいたが、転向と転びにも強い類縁性が感じられる。

外形的類縁性だけではない。その信奉者・信者の心性にも強い類縁性がある。キリスト教は救済宗教であり、信者は救世主キリストへの信仰において強い絶対感情を抱く。共産主義も救済的政治思想であり、その信奉者は共産主義に絶対感情を抱く。共産主義とは違って、憲政主義とか民権主義とか自由主義とかいった政治思想は救済的政治思想ではない。君主主義、尊皇主義でさえ、救済的政治思想とは言えない。そこに生じる感情はあくまで相対感情である。共産主義はこれを信奉する者には、歴史そのもの、社会そのもの、法則そのもの、真理そのものに、今触れているかのような感情を喚起する。これがその強い魅力である。

当然、これを裏切った場合、自分という存在がゆらぐような自責の念が生じるだろう。転向に特有の心理的屈折は、これによるものである。先にも出したドストエフスキーは、政治警察の弾圧と流刑によりペトラシェフスキーの社会民主主義を放棄したが、それは転向というより、むしろ逆方向のキリスト教への「回心」であった。聖書には、パウロが厳格なパリサイ派（律法主義者）ユダヤ教徒から律法を無視するキリスト教徒に転じた話が出ている（使徒行伝・九、ガラテヤ書・一）。これは転向ではなく回心であった。回心によってこそ絶対感情が生まれる。そこに負い目という感情は生じない。

キリスト教と共産主義のアナロジーをもう少し続けよう。

熱狂する社会運動を千年王国思想の観点から論じようとする動きは、一九五〇年代末から始まった。千年王国思想については、ここで詳しく説明する余裕はないが、神が定めた千年の理想郷がまもなく到来するという宗教思想であり、キリスト教（その前身であるユダヤ教も含めて）に特徴的である、と大雑把に理解しておけば足りよう。これが夢の如きのどかな理想主義と違うのは、千年王国の実現には、世界の終末と最後の審判が伴うことである。これは次のように共産主義と相似の対応関係をなしている。

千年王国＝共産主義社会（貧富の差がなく人間性が全面的に開花する理想郷）
世界の終末＝革命の動乱（現世の秩序が崩壊し善人悪人を問わず難渋する）
最後の審判＝共産主義による統治（新たに出現した真実の秩序下での善人悪人の峻別）

政治運動を宗教思想から考えるこうした視点は、従来の政治観、すなわち、民衆の権利義務、国家の仕組み、三権の相互牽制、国家間の関係などから政治を考える「合理主義的政治観」とは、大きく異なったものである。ここに「合理的」というのは、法体系が合理的というのと同じ意味である。法体系は合理的でなければ意味をなさないが、それは当の法体系内部の論理である。法体系の外部から考えれば、その体系性を担保しているのは別の論理だということになり、合理的であるという保証はない。同じように、政治観もその政治観の内部の論理では合理的でありうるが、外部の視点で見れば、合理的であるとは限らない。視線の方向を逆にして、内部の論理から見れば、外部の論理は合理的には見えないだろう。しかし、それこそ内部と外部の「関係を客観的に」考えれば、内部の論理からは「非合理的」と見える外部の要因が政治を駆動していることがしばしばである。そして、我々は否応なく現在の政治の「内部に生きている」からには、そうした外部の論理に注目することは、これは「非合理的政治観」だということになる。

こういう非合理的政治観に基づく政治論の一つが千年王国的政治論である。興味深いことに、一九五〇年代末に注目されるようになる千年王国的政治論者はほとんどが左翼系の研究者である。そのうちの一人エリック・J・ホブズボームは少なくとも一九九〇年頃まではイギリス共産党員であった。彼らの代表的な著作は、ノーマン・コーン『千年王国の追求』（原著、一九五七）、ホブズボーム『反抗の原初形態』（同、一九五九）、ピーター・ワースレイ『千年王国と未開社会』（原題「トランペットよ鳴り響け」一九五七）などが、一九七〇年前後から邦訳で読めるようになった。

こうした政治観は、心理学、民俗学、人類学など政治学外部からの刺激によって出現した。第五章で詳論する吉本隆明の『共同幻想論』もそうした著作であり、既に扱った「マチウ書試論」もそうした傾向の強い一冊である。しかし、そうでありながら、吉本に千年王国論に触れた文章は見当たらない。これは大きな欠落だと言わなければならない。

（2）吉本隆明の転向論

話を戻して、吉本隆明の転向論を詳しく見ていきたい。これがなぜ、一九六、七〇年代の全共闘などの学生たちに歓迎されたのか、考えておく必要もあるだろう。吉本隆明の転向論は、前項で述べたように思想の有効性を検証するものでありながら、文学者たちのあまり知られていない戦中の言動を明らかにする側面も持っていた。既に見てきた花田清輝批判もその一例である。こうした複合的な転向論は「獄中十八年」を誇る非転向者への批判にもつながり、難解な文章や吉本独特の論理展開と相俟《あいま》って、学生たちを引きつけたのである。

詩人の壺井繁治《しげじ》（一八九八〜一九七五）に対する批判を見てみよう。壺井の妻は

『二十四の瞳』で知られる同郷の小説家壺井栄（一九〇〇～一九六七）であり、夫婦ともにプロレタリア文学者であった。

吉本隆明の『抒情の論理』（未來社、一九五九）所収の「前世代の詩人たち」には、壺井繁治が愛用の鉄瓶を詠んだ戦中戦後の二つの詩が引用されている。

戦中期の「鉄瓶に寄せる歌」は次のような勇ましいものである。

お前は至って頑固で、無口であるが、真赤な炭火で尻を温められると、唄を歌い出す。ああ、その唄を聞きながら、厳しい冬の夜を過したこと、幾歳だろう。だが、時代は更に厳しさを加えて来た。俺の茶の間にも戦争の騒音が聞えて来た。（略）さあ、わが愛する南部鉄瓶よ。さよなら。行け！　あの真赤に燃ゆる熔鉱炉の中へ！　そして新しく熔かされ、叩き直されて、われらの軍艦のため、不壊の鋼鉄板となれ！

戦時中の金属献納（供出）を歌ったものである。

戦後の「鉄瓶の歌」は次のように牧歌的で平和なものである。

まっ黒で、無愛想で、頑固なやつ、
古道具屋に売れば、
二足《ママ》三文の値うちしかないのに、
みんなに可愛がられる南部生れの鉄瓶よ。
（略）
まっ赤な火に尻をあぶられて
沸騰する湯気の中から
木々をゆすぶる木枯しの中から
ぼくらの長い冬の夜ばなしの中から
やがて春がやってくる

あれっ、鉄瓶は金属献納に出したはずだが、と思うところだが、吉本隆明もそこを鋭く衝く。

　戦時中にもっていた南部鉄瓶は、くず鉄として献納したはずだから、新しく買ったのかもしれないし、あるいは献納する詩だけかいて、しまっておいたのかもしれぬ。

いくらなんでも南部鉄瓶ぐらい「献納する詩だけかいて、しまっておいた」とは考えにくいので、献納して戦後「あたらしく買った」のだろう。「古道具屋に売れば、二足三文」の南部鉄瓶である。買ったところで知れたものだ。それにしても、ここで吉本隆明の皮肉は辛辣であり、吉本には珍しくユーモラスでもある。しかし、本当の批判は、その続きにある。

わたしの関心は、この二つの詩が、意識的にか無意識的にか、おなじ発想でかかれ、その間に戦争がはさまっているという事実だ。この事実をもとにして、二つの詩のちがいをあげれば、一方は、擬ファシズム的煽動におわり、一方は、擬民主主義的情緒におわっていることだけだ。わたしは、詩人というものが、こういうものなら、第一に感ずるのは、羞恥であり、屈辱であり、絶望である。戦争体験を主体的にどううけとめたか、という蓄積感と内部的格闘のあとがないのだ。(略)もしこういう詩人が、民主主義的であるなら、第一に感ずるのは、真暗な日本人民の運命である。

吉本隆明は壺井繁治の詩想の凡庸さ、詩人としての鈍感さを批判する。壺井は、南部鉄瓶さえ持ち出せば戦時ファシズムも戦後民主主義も詩に詠めると思っている。まるで俳句の「根岸の里のわび住まい」みたいなものだ。これをくっつけさえすれば俳句の型になる。壺井には詩人としての「内部的格闘」が欠落しているのだ。詩人としてこれほど恥ずかしいことはない。こういう怒りである。吉本のこの怒りは至極真っ当である。

吉本隆明はこの他にも十数人の文学者の戦前戦後の言動を検証している。鶴見俊輔は『転向研究』で「〔文学者たちの〕転向経路と戦争責任を一々資料をさがして来ては明らかにしてゆく努力を、敗戦以来の十五年間に吉本隆明がほとんど独力でなしとげた」と高く評価する。また、鶴見は同書の少し離れた場所で「吉本には偏執狂的性格に特有の視野のせまさがあるが、このようなせまい視野をたもつことをとおしてくっきりと映しだされる日本の側面がある」と、おかしな誉め方をしているが、確かに正鵠を射ており妙に納得できる。

吉本隆明が壺井繁治を辛辣に撃ったのは、詩人として凡庸鈍感であったからだけではない。壺井が同じく詩人である高村光太郎（一八八三〜一九五六）を「今度の戦争を通じて自分の果した反動的な役割に対して、いささかの自己批判を試みようとはしない」と批判したからである。壺井よ、自分こそそうだろう、どの口でそんなことが言えるのか、という気持ちからであった。

だからといって、吉本隆明は、高村光太郎を擁護しようというわけではない。吉本も戦後高村に対して違和感を抱いた。この違和感とその淵源を探る作業が『高村光太郎』（飯塚書店、一九五七）にまとめられている。それはおよそ次のようなものである。

吉本隆明は、高村光太郎の終戦時の「一億の号泣」と題した詩の一節「鋼鉄の武器を失へる時、精神の武器おのづから強からんとす」に表れた楽天さに異和感を覚える。この間まで「鋼鉄の武器」を信じていた者が、敗戦によって平和を迎えたとたん「精神の武器」に方針転換しましょうはないだろう。それなら、敗戦までの三十年を超える詩作の意味は何だったのか。吉本は「この詩人にはじぶんなどの全く知らない世界があって、そこから戦争をかんがえていたのではないか」と思う。高村の胸中には、壺井繁治の言う「今度の戦争を通じて」「反動的な役割」を果したというだけではない複雑なものがあったはずだ。吉本が愛読してきた戦前の高村の思考の中に、何かの亀裂なり、脆弱性があったのではないか。思想の有効性について考えなければならないのではないか。

吉本隆明のこういう姿勢も、政治的イデオロギーを軸にした断罪批評とは違って新鮮であった。

吉本隆明が高村光太郎の「全く知らない世界」を探る過程で重視したものが、知識人青年の近代的自我と日本の下層庶民の封建的心性の葛藤であった。社会の近代化に際して生じる軋轢や葛藤はどの民族にもある。しかし、日本の場合、近代化と西洋化と文明化が重なって進行し、問題を複雑にした。日本のナショナリズムの成立にはこうした背景がある。これを無視してナショナリズムの単純な賛否を論じることに思想的意味はない。

高村光太郎の場合、職人気質の高村光雲を父に持ち、フランスに留学して彼我の文明の落差にほとんど絶望しかけ、妻智恵子の精神変調も体験し、その中で近代詩人としての自分を確立しなければならなかった。高村だけではない。森鷗外も、夏目漱石も、その他の青年知識人もおしなべてそうであった。後に『共同幻想論』を検討する時に触れる民俗学者柳田《やなぎた》國男（一八七五〜一九六二）にも同じ思いがあり、それが、近代―前近代、西洋―日本、中央―地方、という三つの軸の並行関係の問題設定にもなっている。

これは、実は文学や芸術のみならず、戦後の、それもマンガ文化の中にさえ観察できる。手塚治虫（一九二八〜一九八九）の初期作品『ジャングル大帝』（学童社、一九五〇）には擬人化した動物たちによって近代化、西洋化の難問が描かれている。実に二十一世紀に入ってさえ、若杉公徳《きみのり》の『デトロイト・メタル・シティ』（白泉社、二〇〇五）は笑いの背景にこのテーマを設定している。東京でデス・メタル・バンドのヒーローとして活躍する主人公の実家は、大分の椎茸《しいたけ》栽培農家なのである。悪魔メイクでステージに立ち、口から火を噴きながら背徳的な言葉で聴衆を熱狂させる主人公のもとへ、大分の両親からは椎茸や人参が段ボール箱に詰められて送られてくる。デス・メタル・バンドはポスト近代でないどころか、足元は前近代なのである。逆に言えば、この落差を笑いにできるところまで、日本は近代化も文明化も進んだのかもしれない。

高村光太郎ら近代前期の詩人たちは、笑いどころではなかった。天皇制の強化、軍国主義の伸長、貧富の差の拡大、農村の疲弊、西洋への憧れ、伝統的家制度の重圧、知識人の無力感、こういった問題が一体となって、彼らの身に、端的には徴兵という形で迫っていた。ここで観念的に天皇制打倒・私有財産制廃絶を呼号してみても、現実性も有効性もない。少なくとも文学者らしい「内部的格闘」は全くない。

文化の複合性、歴史の複雑性を単純に捨象《しやしよう》（abstract）しない吉本隆明のこうした姿勢は、戦後の左翼的言論人の中で必ずしも多くなく、鶴見俊輔や支那文学者竹内好（一九一〇～一九七七）らとともに、戦前の良質なアジア主義への視点を提供した。マルクス主義（共産主義）など左翼的思想で歴史や社会を解釈しようとする知的意欲があると同時に、その解釈が日本共産党の統制下にあることを嫌う一九六、七〇年代の学生たちに、彼らの視点は好まれた。この時期に学生時代を送ったマンガ家、かわぐちかいじ、安彦《やすひこ》良和などの作品に感じられるアジア主義的な雰囲気は、こうした時代傾向を土壌としている。

その半面、吉本隆明の転向論には奇矯な表現もあった。それは例の理解困難な文体と鶴見俊輔の言う「偏執狂的性格」によるものだったが、それがかえって青年たちには魅力的に映ったようだ。

吉本隆明は、「獄中十八年」の不屈の非転向者こそ実は転向者なのだと主張した。「転向論」から引用してみる。

わたしは、すすんで、小林〔多喜二〕、宮本〔顕治〕、蔵原〔惟人《これひと》〕らの所謂「非転向」をも、思想的節守の問題よりも、むしろ、日本的モデルニスムスの典型に重みをかけて、理解する必要があることを指摘したいとおもう。このような

「非転向」は、本質的な非転向であるよりも、むしろ、佐野〔学〕、鍋山〔貞親〕と対称的《ママ》な意味の転向の一形態であって、転向論のカテゴリーにはいってくるものであることはあきらかである。なぜならば、かれらの非転向は、現実的動向や大衆的動向と無接触に、イデオロギーの論理的なサイクルをまわしたにすぎなかったからだ。

人名についての若干の注釈が必要だろう。初めの方に出てくる三人は、一貫して非転向の共産党員である。小林多喜二は著名なプロレタリア作家、既述の通り治安維持法下、特高警察によって虐殺された。宮本顕治（一九〇八～二〇〇七）は戦前戦後を通じて共産党の指導者であった。東大生の時、雑誌「改造」の懸賞評論に一位入選した。二位入選者が小林秀雄であった。蔵原惟人（一九〇二～一九九一）は戦前戦後を通じて共産党の文化面の理論的指導者であった。後半部分に出てくる佐野学（一八九二～一九五三）、鍋山貞親（一九〇一～一九七九）はともに戦前の共産党の指導者だったが、一九三三年に獄中で転向声明を発表し、思想界で大きな話題になるとともに獄中獄外の共産党員に深刻な影響を及ぼした。この五人のうち何人かは後でまた論じることになろう。

さて、これらの共産主義者について、吉本隆明は、佐野学、鍋山貞親は確かに転向であるが、虐殺された小林多喜二、「獄中十八年」を体験した宮本顕治と蔵原惟人、この三人も、佐野・鍋山と「対称《ママ》的」ではあるけれど実は「転向の一形態」であるというのだ。小林は虐殺されたけれど彼は転向者であった、宮本と蔵原は長期入獄を体験したけれど彼らは転向者であった、とは。意表を衝くというより、奇矯の言、ここに極まったという感じである。

吉本隆明によれば、こうである。この三人を「節守の問題」で考えるべきではない。「節守」は普通は「守節」と言う。吉本特有のおかしな日本語であるが、まあ、「節義を守ること」のつもりだろう。それはともかくとして、転向は節義の問題で考えるべきではなく、「日本的モデルニスムス（近代主義）の典型」の無効性の問題と考えるべきである。彼らは「現実的動向や大衆的動向と無接触に、イデオロギーの論理的なサイクルをまわしたにすぎなかった」。つまり、彼らは現実を無視した観念的図式をただ空転させていたに過ぎない、それは大衆への裏切りだから転向である、という理屈である。

これを逆説でもギャグでもなく、「天然」に言い切ってしまうところが、すごいといえばすごいということになろうか。

鶴見俊輔は『転向研究』で、吉本隆明の「独力でなしとげた」転向検証を評価しつつも、これは「用語上の混乱」であり、前記三人に代表される思想はただ「『駄目な思想』ということとほとんど同義語」ではないかと言っている。鶴見の批判の方が健全である。「駄目な思想」と言えばすむものを、大衆を裏切るから「転向」だとは、この修辞法はそれこそ、日本共産党が一貫してやってきた政治手法と同じである。しかし、ここでは吉本が「大衆」を軸にして政治行動・政治思想の価値基準を考えていることを、まず確認しておくにとどめたい。むろん、私はそういった価値基準の設定を高く評価しているのではない。これについては次章で詳論することになる。

さて、吉本隆明が、小林多喜二、宮本顕治、蔵原惟人を、非転向に見せかけた広義の転向と批判するなら、逆に、転向でありながら評価に値するものもあるだろう。それは、中野重治の場合だと言う。

中野重治（一九〇二～一九七九）は、詩人・小説家・評論家であり、戦前治安維持法下で日本共産党に入党するも、獄中転向。戦後再入党し、参議院議員にもなったが、党の体質を批判するうちに除名処分となった。

中野重治には、自身の転向体験を描いた代表作『村の家』（一九三五）がある。重治をモデルにした主人公の勉次は、地方の農村から上京し東京帝大にまで進学しながら共産党に入党する。ほどなく治安維持法で逮捕下獄。そして転向出獄の後、帰郷している。勉次の父、孫蔵は、下級官吏を経て、小さな農地を持つようになった実直な老農夫である。戦前の農村で下級官吏を体験しているからには、義務教育以上の教育は受けているらしく、そこそこの教養があり、村人からの人望も厚い。この孫蔵が、ある晩、勉次に、胸のつかえを吐き出す如く、次のように言う。

おまえがつかまったと聞いたときにや、おとっつぁんらは、死んでくるものとしていっさい処理してきた。小塚原《こつかっぱら》で骨《こつ》になって帰るものと思て万事やってきたんじゃ……。

それがどうじゃいして。おまえの転向じゃ、(略)転向と聞いたときにや、おっかさんでも尻もちついて仰天したんじゃ。すべて遊びじゃがいして。遊戯じゃ。屁をひったも同然じゃないかいして。

小塚原とは、江戸千住の刑場である。勉次が逮捕された時、孫蔵は妻とともに、息子の死刑を覚悟した。ところが、転向出獄の報を受けた。これには仰天した、と言うのである。

孫蔵は、勉次に、土方でもやれ、それが「まっとうな人の道なんじゃ。土方でも何でもやって、そのなかから書くもんが出てきたら、そのときにや書くもよかろう」と、人の道を諭す。吉本隆明は、この孫蔵を「日本封建制の土壌と化して、現実認識の厳しかるべきことを息子勉次にたしなめる」と評する。そして、これを描きえた中野重治の「思想変換」を「それ以前に近代日本のインテリゲンチャが、決してみせることのなかった新たな方法」として評価したいと言うのだ。すなわち、この孫蔵の姿の中に「大衆の原像」を見るのである。

私は、この孫蔵の姿に感動するとともに、ここに大衆の原像を見る吉本隆明に暗澹たる気持ちになった。孫蔵は確かに立派であるが、これ、大衆か。どう見ても在野の賢者ではないか。儒教の言い方では「野《や》の遺賢《いけん》」である。

そもそも孫蔵は、当時としては識字階級に属する。小規模とはいえ地主である。息子を東京帝大にまでやっている。しかし、日本には、経済的にも倫理的にも、階層も人格も見識も、孫蔵に至りえない何百万、いや何千万もの人々がうごめいている。「厳しかるべき現実認識」では、そうである。吉本隆明はこういう人々のことは何と呼ぶのだろう。孫蔵が大衆なら、孫蔵以下の人々は何なのだろう。こういった人々の存在を無視して、孫蔵を大衆と呼び、これを批評の原点にすえることこそ、「厳しかるべき現実認識」の欠落した近代的知識青年の「遊びじゃがいして。遊戯じゃ。屁をひったも同然じゃないかいして」ではないか。

孫蔵がもし本当の大衆なら、東京帝大まで行った息子が共産主義者になり投獄されたことは残念に思うだろうが、転向してうまく出獄したら大喜びするだろう。仮にも帝大卒だ、頭脳と人脈を利用すれば、人並み以上の出世も栄達も可能である。しかも、息子は「書く」才能まである。共産主義がいかに恐ろしいか、天皇陛下がいかに慈悲深いか、当局と組んで反共尊皇本でも出せば、たちまちベストセラー、息子は村の名士、いや日本の名士になるだろう。むしろチャンスだ、ツキが回ってきた。転向《ころ》んでもただでは起きない。大衆は倒るる所にツキをつかめ。こういう計算が働いてこそ大衆であろう。

吉本隆明は、何を基準に本当の大衆を決めているんだろう。何を根拠に大衆はエライと言うんだろう。吉本という人は、何だか変なことを言うなあ。言葉が分かりにくいだけではない。論理も分かりにくい。思想はもっと分かりにくい。これが大学一年の私の疑問であった。

2 非転向者の偉業

(1) 非転向の貴族

吉本隆明によれば、転向した中野重治の方が獄中生活を耐えた非転向者より「厳しかるべき現実認識」を持っていた。非転向者は、現実とは無縁にイデオロギーを空転させていただけである。中野の描いた篤実な老農夫、孫蔵こそ「大衆の原像」であるという。

この吉本隆明の認識に、私は、それ自体としては概ね同意してもいい。

確かに、非転向者は現実政治という点では空理空論を頭の中で空転させていただけなのだし、転向者は獄中でそれが空理空論であったことに気づかされたのである。これに同意した上で重要な異論を付け加えるとすると、人間はしばしば空理空論に魅力を感じそれを信ずるものであるということと、それが歴史的に意義を持つ例があるということである。一例だけ挙げておけば、新興宗教である。仏教もキリスト教も新興宗教であったことを忘れてはならない。これらが歴史的に大きな意義を持つことは言《げん》を俟《ま》たないだろう。

　また、吉本隆明が孫蔵を高く評価すべきだと言うのも、その通りであろう。孫蔵のように資産と見識と向上心のある中産階級が社会の多数を占めるようになることが、社会の安定と繁栄を保証する。吉本説に異論があるのは、孫蔵が、大衆ではなく、中産階級であることであり、しかも、経済的に中産階級であるだけではなく、そのことの原因としてまた結果として、見識や向上心も持っていることである。これは第三章のテーマになる。

　ここでは、吉本の解釈から外れることになる非転向について考えておきたい。二人の人物を取り上げよう。まず、石田英一郎である。

　石田英一郎（一九〇三～一九六八）は、日本における文化人類学（民族学）の確立者である。『河童駒引考』『桃太郎の母』『文化人類学ノート』などが代表作であり、一九七〇年には「石田英一郎全集」（全八巻、筑摩書房）が刊行されている。この石田が獄中非転向であった。ただし、鶴見俊輔の『転向研究』には、転向者である宇都宮徳馬らの記述箇所に石田も名前だけは列挙されており、またこれから述べる石田の出自経歴からすると、非転向ではあったとしても、量刑になにがしかの「情実」が働いたのかもしれない。石田には自伝、評伝のたぐいはなく、前記全集第八巻所収の年譜と月報にある同時代人の回想によってその非転向の活動を知るほかはない。これを基にして断片的な資料を突き合わせてみると次のような履歴である。

石田英一郎は明治三十六年、大阪に生まれた。父は男爵石田八弥《はちや》である。英一郎という名前からもわかる通り、男爵家の長男に生まれたわけである。前節に出てきた佐野学も大分杵築《きつき》で代々続いた医者の名家の生まれであるが、石田はそれよりももっと名家の出身だということになる。父の仕事の都合で中学の途中から東京に転居し、その後、第一高等学校に進み、卒業後は京都帝大経済学部に入学した。普通、一高を卒業すれば東京帝大に進学するものなのだが、京都帝大には人道主義的なマルクス主義者河上肇（一八七九～一九四六）がいたことが一つの理由らしい。

石田英一郎の共産主義への傾斜は高校時代に始まり、抜群の頭脳で理論を深めるとともにセツルメント運動（貧困地区に支援拠点を作る運動）にも加わった。京都帝大では社会科学研究会に加入し、学習会や啓蒙活動を行なう。それと同時に、文学部に出講していたニコライ・ネフスキーの講義に出席してロシヤ語と民俗学・民族学について学んだ。後に人類学者になる布石をここに読むことができる。

一九二五（大正十四）年、石田英一郎が二十二歳になる年、父が亡くなり、男爵を襲爵《しゅうしゃく》する。石田はこの時点では日本共産党にまだ入党していないものの、爵位を持つ共産主義者となったわけである。極めて希《まれ》な例と言わなければならない。そして、翌一九二六年正月、前年施行されたばかりの治安維持法違反で社会科学研究会員十三人とともに逮捕され、秋に起訴された（京都学連事件）。これが治安維持法適用の第一号である。石田はもともと襲爵を望んでいなかったこともあり、これを機に爵位を返上する。年末、大正天皇崩御により昭和改元となった。

その数カ月後、一九二七年春、石田英一郎は共産党に入党したものと見られる。というのは、その春、水野成夫（転向後に経済人、一八九九〜一九七二）と二人で拳銃を懐中に忍ばせて神戸を密かに出港し、支那上海のコミンテルン極東部に合流したからである。コミンテルンとは一九一九年に結成された「共産主義インターナショナル」の通称で、日本共産党はその日本支部という形であった。この間、石田は、治安維持法違反事件の被告であったが保釈中だった。支那潜行後、密かに帰国してすぐ、禁固十カ月の判決を受けるも、石田はほかの被告とともに控訴する。

翌一九二八年三月、控訴審中でありながら、石田英一郎は大阪堺で再度逮捕された。前節でも述べた三・一五事件、共産党一斉弾圧事件である。今度は禁固五年の判決を受けた。そして非転向のまま刑期満了の一九三四年まで大阪の刑務所で過ごす。獄中では人類学のドイツ語原書や支那古典を精読した。

出獄後は、縁者のもとに身を寄せるが、定職はなかった。やがて、一九三七年にウィーンに留学し本格的に人類学を学ぶ。在墺三年にして帰国。嘱託の研究職に就いた。この時、三十七歳にして人生で初めて月給をもらう。

一九四四年、張家口《ちょうかこう》の西北研究所に次長として赴任する。所長は生物学者今西錦司（一九〇二〜一九九二）であった。

戦後帰国。しばらくして一九四八年、法政大学教授となり、以後晩年まで、いくつかの大学教授を歴任、人類学関係の著作も執筆した。

ここで、石田英一郎の戦後の業績で特記しておかなければならないことが二つある。一つは、戦後まだ三年の一九四八年に、エンゲルスの『反デューリング論』を石田が日本で初めて完訳出版していることである。これはマルクス主義の基本書であり、有名な『空想から科学へ』はこの抜粋版である。もう一つが、一九六八年に多摩美術大学の学長に就任したことである。しかし、就任半年にして、同年十一月に病没している。

実はこの特記の部分を広く知ってもらいたいがために、煩を厭《いと》わず石田英一郎の履歴を紹介したのである。私は学生時代から石田の主要著作を読んでいたが、全集を買って通読するまで、愚かにもこの事実を知らなかった。これを知って、ほんの二、三年前の一九六八年に自分が多摩美大の学生でなくてよかったと思った。

一九六八年夏、東京大学の学生処分をきっかけに全共闘が結成され、それはすぐに全国の大学に飛び火した。学生たちのわけの分からない不満やわけの分かる不満こき交ぜて、一気に爆発したものである。どこの大学でも、全共闘の学生たちはさまざまな大学改革の要求を訴えて校舎を占拠し、椅子や机でバリケード封鎖して気勢を上げた。また、学長との「団交」を求め、学長室へ押しかけることも頻繁だった。こうした時、大学側はこれを無視して学生たちに厭戦気分の広がるのを待つか、あるいは早手回しに機動隊導入を図るかするのが通例だった。

ただ一つの例外が、多摩美大であった。

石田英一郎は、全共闘学生の学長団交要求に、雲隠れするどころか学長室を自ら開放し、学生と議論を闘わした。そして、自分の大学改革案を提示して学生を次々と論破した。君たちの要求も熱意もよく分かる。私にもこのような改革案がある。一緒に手を携えて大学改革に邁進しようではないか、と。この石田学長の知性と誠意に全共闘の学生たちは感動し、自らバリケード封鎖を解いたのである。一説には「感動して泣きながら」という話も伝わっている。

前代未聞と言ってよい。一九六〇年代末の学生反乱は日本だけではなく、アメリカやフランスなど世界中で起きていたが、学生が学長に論破されてバリケードを自主解除したなどという例は聞いたことがなかった。戦前は非転向の共産主義者として禁固五年の刑を受け、戦後すぐ『反デューリング論』を翻訳し、その後、人類史の研究を深める中でマルクス主義から離れた、という経歴を持つ石田英一郎に、『反デューリング論』どころか、抜粋版の『空想から科学へ』さえろくに読んでいない学生たちがかなうわけはなかったのである。

私がその時多摩美大の学生でなくてよかったというのは、私もきっと石田学長に論破された口だったからである。さすがに『反デューリング論』は読んでいたけれど、その翻訳者にはやはり論破されていただろう。学生仲間にはマウンティングされ、学長には論破され、悔しい思いで情けない学生生活を送ることになっただろう。

石田英一郎は、しかし、この紛争解決で疲労が蓄積して体力が低下したらしく、肺癌を発症し、その年の秋に病没した。石田学長を失った多摩美大では紛争が再発したという。

この石田英一郎の非転向は、吉本隆明ならどう評価するだろう。石田の非転向をも転向の一種と言うのだろうか。確かに、石田は男爵家に生まれ、出獄後の三十七歳まで給料なるものをもらったことがなかった。厳しかるべき現実認識があったとは思いにくいし、空理空論を空転させていただけと言えなくもない。しかし、その現実認識の欠如こそが石田を作った。空転する空理空論こそが石田を人類史的視野に導いた。本当の意味で厳しかるべき現実認識がなかったのは、石田ではなく、全共闘の学生の方であった。吉本のよく分からない日本語とよく分からない論理を、よく分からないところがすごいと崇めていた学生の方であった。

(2) 非転向者の政治感覚

今度は極めつきの非転向者について考えてみよう。日本共産党指導者であった宮本顕治である。宮本は戦前戦後ほぼ一貫して党指導部にいた。ほぼというのは、戦後一時的に党の路線問題の対立で傍流にいたことがあるからだが、傍流ということ自体、単なる末端の一党員ではない実力者だったことの証左である。一九五五年以後は党指導部に復帰し、以後は三十年余り党の最高指導者であった。現役引退後も隠然たる影響力を持ち続け、二〇〇七年に当年九十九歳で没した。

宮本顕治が共産党指導者としてこのような地位を確立しえた要因の一つが、一九三三年から一九四五年までの十二年間を非転向のまま獄中で過ごしたことである。共産党では、一九二八年の三・一五弾圧事件から終戦の一九四五年まで足かけ十八年間、党の創設期指導者が獄中で過ごしたことから、昭和戦前期の共産党の戦いを「獄中十八年」と総称している。やや遅れて入党した宮本の獄中十二年も、これと同じ英雄的非転向と評価されていたのである。

ところが、吉本隆明は、この宮本顕治を、非転向という転向であるとした。鶴見俊輔は、それは転向と言うべきではなく、ただ駄目な思想と言うべきである、とたしなめた。既に見てきた通りである。しかし、吉本の「宮本転向説」を「宮本駄目思想説」と読み替えたとして、それなら、宮本は本当に駄目だったのか。思想として駄目だったとしても、政治としてはどうだったのか。政治にとって思想とは何なのか。そんなことを考えてみたいのである。

というのも、私には、吉本隆明は政治というものが根本的に分かっていないのではないかという疑問があるからだ。いや、別に政治が分かっていなくても、そのこと自体はかまわない。政治が分かろうが分かるまいが、専門分野で優れた仕事をしている人はいくらでもいる。医者、技術者、芸術家、スポーツ選手、俳優、モデル、ホスト、キャバ嬢、売春婦、こういう専門家で政治が分からない人はかなり多いはずだ。しかし、これら専門家は確実に社会のために役立っている。そういう専門家たちを専門馬鹿として非難する気は、私には全くない。そもそも、ただの馬鹿より専門馬鹿のほうが百倍もすばらしいではないか。

しかし、吉本隆明は「戦後最大の思想家」という奇妙な「総合職」である。次章で見るように政治についても頻繁に発言しながら、どうも政治が分かっていないようなのである。私がここで政治というのは、細分化された専門分野、地方行政学とか、日露外交史とか、自民党派閥研究とか、そういう個別の政治知識のことではない。「政治なるもの」のことである。

政治の本質は客観的に見れば「統治」である。簡単に言えば、民衆を束ね、安寧を実現することである。その方式には、君主制、共和制、民主制、独裁制など、さまざまな形態があり、それぞれ長所短所があるが、本質は変わらない。政治をする人、すなわち政治家には、統治の能力と統治の意欲が必須であり、統治の責任が問われる。これは、政治家の理念など主観的な思想とは別のことである。これに対抗する政治家や被統治者が別の理念を持ちその実現を図ろうとするだろう。政治家はそれぞれに理念を持つこともあるだろう。しかし、それは「主観の違い」であり、客観的な社会関係ではない。政治は客観的には統治なのである。それこそ、吉本隆明の言う「関係の絶対性」、すなわち「関係は客観的」なのである。

このことは戦国武将に譬えてみると分かりやすい。武将には、それぞれ個性の違いはあるし、理念の違いもある。隠忍型もいれば果断型もいる。キリシタン大名もいれば法華信者もいる。しかし、個性や理念はさまざまであったとしても、統治能力と統治意欲を持った武将が統治権を握る。あるいは、暴力団の組長に譬えても同じである。組長にもさまざまな個性とそれぞれの任俠理念があるが、組員を束ね、敵対する暴力団と硬軟巧みに相対し、自分の縄張りの利益を守り、縄張り内の安寧を実現することが組長の責任であり、そのための能力と意欲が必須となる。統治を本質とするということでは、政治家も、戦国武将も、暴力団組長も、問われるものは全く同じである。

さて、そうだとすれば、宮本顕治は政治家として、どうなのだろうか。本当に「駄目」なのだろうか。

私は、宮本顕治とは、思想が違う。すなわち政治理念が違う。宮本の性格も好きではない。しかし、それは私の「主観」である。主観的理念からではなく、客観的に考えてみよう。宮本はなかなかの政治家ではないか。あくなき権力欲と巧妙な統治能力を持ち、獄中にいようと党の傍流になろうと、野望を捨てなかった。これは戦国武将なら誉められてよいだろう。武将が敵軍に捕まった時、決して許しを請わず、土牢に放り込まれた。やがて第三国である大国が敵軍を粉砕して土牢から解放される。その後は自国内で隠忍自重して機会を待ち、やがて権力を一手に掌握した。これは名将である。宮本はこれと同じではないか。

宮本顕治は、共産主義の本義である「世界革命」を捨てて議会主義の道を選択し、さらには機関紙「赤旗」の部数拡大こそ共産党員の最大の使命だとした。このことによって日本共産党は命脈を保つことができた。これを主観的な理念からではなく「客観的な関係」から考えれば極めて賢明な政策である。機関紙の拡大によって共産党の安定収入は飛躍的に増え、これによって党幹部の生活は豊かになり、下層党員でも党に忠誠を尽くせば上昇の機会があり、国会議員・地方議員にもなれるというインセンティブが明確になった。宮本路線がなければ、今頃は全共産党員が路頭に迷っていただろう。暴力団は必ずしも全国制覇を目指さなければならないわけではない。それよりも縄張り地域内での統治を安定させるのが第一である。共産党の統治を共産党内というごく狭い範囲にしたことは、理にかなっている。

民衆を束ねるには統合のシンボルが必要である。このことを政治学では「象徴操作」と言う。日本国憲法の第一条に天皇を「国民統合の象徴」と定めるのもそのためであり、国旗や国歌もそうしたシンボルである。共産党が創立以来、侵略戦争と資本主義的搾取に反対し、その結果「獄中十八年」の苦難を被ることになったとするのも、殉教という象徴操作である。宮本が獄中非転向を後光のように輝かすのも同じなのである。

政治とは、如上のようなものである。

さて、そうであったとしても、「主観的政治理念」によって日本共産党を否定することもありうるだろう。吉本隆明が自分の政治理念をぶつけて共産党を批判するのも自由だろう。その場合は理念対理念の戦いになり、吉本の理念の質も問われることになる。それは第三章に譲るとして、客観的に共産党を批判することも十分に意味がある。その一つが象徴操作を撃つことである。第五章では、吉本の主著『共同幻想論』について考えるが、その主題と象徴論は重なる部分が大きい。それはともかくとして、宮本顕治や共産党の象徴操作である非転向は本当に「客観的」な事実なのだろうか。吉本隆明はこれを検証すべきだったのではないか。

宮本顕治の非転向疑惑の声は、一九七〇年代後半から大きくなった。ジャーナリストの立花隆が一九七六年『日本共産党の研究』でスパイ査問致死事件を論じ、民社党委員長の春日一幸《いっこう》がこれを受けて国会で取り上げたからである。これと前後して京都地裁の鬼頭史郎判事補が網走刑務所で宮本の身分帳記録を密かに調査していた事件が発覚した。鬼頭はいささかエキセントリックな人物であり、職権濫用罪で逮捕起訴されて有罪となったが、事件は宮本疑惑への世論の関心を高めることとなった。

これら一連の検証で明らかになったのは、宮本顕治は非転向ではなく、転向しようにも転向ができなかったという事実である。宮本は治安維持法だけではなく監禁致死罪と合わせて有罪となり投獄されていたのだ。いわゆる「スパイ査問致死事件」である。

この事件は、一九三三年末に起きた。前々から日本共産党指導部内に特高警察のスパイが潜入しているという気配があった。事実、秘密会議の内容が警察に漏れていた。やがて不審の言動があった二人の幹部がその嫌疑で査問にかけられた。査問とは党内警察・党内司法の取り調べである。非合法活動中であり査問は過酷を極め、その最中に一人が死亡した。この査問を行なった中心人物が宮本顕治であった。宮本はこの件で監禁致死罪にも問われていたのである。治安維持法は既述のように政治弾圧を目的とした威嚇的性格の強い法律である。転向による罪の軽減が認められるのもそのためである。しかし、一般の犯罪にはそもそも転向はありえない。監禁致死罪は一般の犯罪であり、宮本は転向しようにもそれは不可能なのであった。

この宮本顕治非転向疑惑は一九七〇年代後半から大きく論じられるようになったが、私は学生であった一九六八年頃にこれを聞いたことがある。アングラ情報に詳しい年配者の話であった。これを考えると、それより前、既に一九五〇年代に反共系暴露雑誌や公安関係者の間ではこの事実はよく知られていたと見ていい。宮本には転向非転向を論じる余地はなかったのだ。しかし、吉本隆明たち左翼系の論者たちはこのことを全く知らないまま、宮本非転向の評価について議論していたのである。吉本が好んで論敵に浴びせた語を使うなら「頓馬」としか言いようがない。吉本自身も、宮本の非転向は転向だというケレン芸を見せて得意がっていたのである。

宮本顕治のスパイ査問致死事件について一言しておこう。事件当時、日本共産党は非合法化されていた。ということは、日本国と共産党は統治内の対立ではなく、統治を超えた対立関係にあったということである。規模は極めて小さいが、本質的には統治権をめぐる革命戦争だった。そうであれば、この場合、平時の秩序感覚は通用しない。スパイ容疑が濃厚な者であれば処刑されることもありうる。近時次々に明らかになっている支那革命の記録を読めば、その革命戦争の壮絶さはスパイ査問致死どころではない。裏切り、内通、暗殺、誤爆、謀略、同士討ち、疑心暗鬼、権謀術策、その上に支那人民共和国の成立があるのだ。政治というものは、そしてその延長にある戦争というものは、そのように苛烈である。これこそが「厳しかるべき現実認識」であろう。

第三章

「大衆の原像」論

1　六〇年安保の吉本隆明

(1) 安保闘争の「思想的弁護」

私は一九六五（昭和四十）年に大学に入学した。吉本隆明が三十六歳の時に体験した「六〇年安保闘争」は、私の大学入学の五年前、中学生の時の事件であった。大学入学後、学生運動に加わるようになるのだが、六〇年安保闘争については、私は参加していないのはもちろんのこと、これといった思い出もない。ニュースで全学連の学生と警官隊がぶつかりあっていることを知り、日本がまた戦争に巻き込まれそうになるのを学生たちが反対しているのだと理解した程度である。新聞投書欄などによく見る常識的な理解のしかたであった。当時は終戦から十五年しか経っておらず、戦争の記憶は日本社会に生々しく残っていた。私自身は戦後の生まれであり、当然ながら戦争の記憶はないのだが、戦後十五年という時代の中学生であれば、社会の記憶をそのまま受け継いでいたのである。

大学一年の終わり頃、私の通う早稲田大学で大規模な大学紛争が起きた。一九六五年末、新設の学生会館の運営に学生を加えようという運動が文化サークル中心に起きた。年末年始の休みをはさんで運動はしぼみかけたが、年明けに大学当局は大幅な学費値上げを発表した。これが前年末の運動の残り火に油を注いだ。学生会館の運営参加の要求なら多くの学生には関心外であろう。しかし、学費値上げは誰にも関心の強いテーマであった。この学費値上げは新年度入学生から適用されるものであり、在校生は旧学費のままであったが、それでも後輩たちが高額な学費負担を強いられるとなると、学生たちの正義感が燃え上がったのである。

学生たちは全学共闘会議を結成して学費値上げ反対ストライキ闘争を敢行した。この全学共闘会議は、二年後の一九六八年に全国の大学で起きた全共闘運動とは違い、各学部自治会（左翼諸党派がそれぞれに牛耳っていた）が連合したもので、自治会運動の延長線上にあった。しかし、全共闘など一九六〇年代末の学生運動を予感させるものであった。

一方、大学当局の対応は、不誠実かつ拙劣なものであった。とりわけ、学生特有の正義感に思い及ばず、この時代の「反体制的」メンタリティーを読めなかったという点において、大学側の拙劣さは際立っていた。かくして全学ストライキは六月半ばまでの五カ月間もの長期に及んだ。

その間、警視庁機動隊が導入され、また、全学共闘会議と体育会学生団体・ガードマンとの乱闘も数度繰り返された。こうした中、私はバリケード防衛戦に関連して逮捕起訴された。まだ二年生になったばかりの未成年者であり、党派にも属していなかったが、よほど大物だと過大評価されたのか、指導者グループとともに起訴されたのである。統一公判は二年半にも及び、四年生の終わりに執行猶予付きの有罪判決が出た。

余談ながら、逮捕起訴され、長期裁判の果てに有罪判決が出ているのに、私は大学からは何の処分も受けていない。これは私が法学部生であったからだろうと思われる。ほかの学部の学生たちは停学、退学などの処分を受けていたのである。近代的刑事訴訟法の原則では被告人は無罪を推定されるし、少年法には、事件当時未成年者であれば、有罪判決でも執行猶予が付くと前科の扱いにならない旨の規定がある。これは法律学者にとって常識であるから、法学部の教授会では私を処分しにくかったのだろう。私は裁判所通いをしながら、サボりがちではあったが授業にも出席し、試験も受けていた。東京地裁の裁判官で早稲田大学へ刑法の演習（ゼミ）に出講している先生がいたが、この先生と裁判所の廊下で出会ったこともある。むろん我々の事件の担当ではなかったけれど、謹厳な法服姿の先生の顔に「おれの学生が何でここにいるんだ」という驚きの表情が浮かび、私は私で苦笑いした。

話を本題に戻そう。

私はこの早大闘争裁判で被告人として冒頭陳述をしなければならなかった。裁判の冒頭に自分の主張を概括的に陳述するのである。もちろん、この起訴が不当であり、我々の闘争が正しいということを述べるのである。論旨は、大学当局の不誠実を批判し、我々がそれに対し怒りをぶつけるのは当然である、という構成であった。私はその草稿を、信頼する先輩に読んでもらった。彼は文学部の学生だったが、サークルで知り合った。温厚な性格の読書家で、下級生だからといってむやみにマウンティングするようなことがなかった。

先輩は私の草稿を読んで、これでは駄目だと言った。私としては至極真っ当な主張を述べたつもりだったが、つまりはその真っ当さ、換言すれば良識的であるところが駄目だというのである。彼は自分の読書体験によって「進歩的良識」なるもののいかがわしさに気づいていたのである。そして、六〇年安保闘争の裁判における吉本隆明の「思想的弁護論」を読んでみろと薦めた。ちょうど出たばかりの『自立の思想的拠点』（徳間書店、一九六六）にそれが入っているとも教えてくれた。

『自立の思想的拠点』という書名も私には魅力的だった。思想が自立するその根拠を論じているように思えたからである。これについては後に再論しよう。私は早速その本を買い「思想的弁護論」を読んだ。そして、吉本隆明という評論家は何かものごとを根本的に勘違いしている人だなと思った。

「思想的弁護論」は、六〇年安保闘争で吉本隆明が行動をともにした共産主義者同盟(通称ブントBUND)やその指導下にあった全学連主流派の行動を弁護したものである。

このあたりは今の読者には分かりにくくなっているだろう。とりあえず最低限の簡単な説明をしておこう。共産主義者同盟は、日本共産党のスターリン主義的路線に反対する左翼組織の一つで、ほかの同種の組織と同じくマルクス主義の原理的解釈を重視し、それを受け継ぐトロツキーの世界革命路線を採る。一九五八年、共産党を批判して離党した学生たちを中心に結成された。こうした左翼は旧来の左翼と区別して「新左翼」と呼ぶ。一九七〇年頃から目立つようになる「過激派」もこの新左翼の系譜に属する。全学連は全日本学生自治会総連合の略称で、一九六〇年の時点では共産主義者同盟が主流派となってこれを主導していた。吉本隆明はとうに社会人であったが、共産党・社会党系の団体ではなく、全学連主流派・共産主義者同盟系の反安保団体と行動をともにしていたのである。

全学連指導者たちは、警官隊に対する公務執行妨害、暴力行為、国会構内への不法侵入などの罪で起訴されていた。吉本隆明は、新進の評論家として、起訴された学生たちの特別弁護人となっていた。特別弁護人というのは、弁護士資格を持たない者でも有識者を特別に弁護人にする制度で、政治や芸術に関わる事件で選任される。まさしく「思想的弁護人」である。吉本が実際に法廷に立って弁論をしたかどうかは分からないが、少なくとも弁護人として書面で意見陳述をしている。それを安保闘争から六年後に単行本に収録したわけである。

刑事事件で被告・弁護側が無罪を主張するには、普通、次のような方法がある。というより、これしかない。

まず、起訴されたような犯罪事実はない、と主張することである。殺人事件を例に取れば、そもそもそれは殺人ではなく病死であるとか、殺人であったとしても被告は現場にはいなかったとか、証拠が曖昧であり被告の犯行とは特定できないとか、そういう主張である。そのために、偽の診断書や偽の証人を用意するなど、捨て身の奇策も使われることはよく知られている。次に、被告の行為は形の上では犯罪のように見えながら、合法的なものであるという主張である。被告の行為は正当防衛であったとか、実は医療行為だったのだとか、これも奇策を含めて主張する。また、被告は心神喪失状態であり、刑事責任は問えない、という主張もある。これらをすべて使ってそれでも駄目だと考えられる場合は、情状酌量を訴える。つまり、被告が悪いには悪いのだが、それには同情すべき点もある、という主張である。

六〇年安保闘争の刑事被告の場合、一番最後の方法しかない。事実、デモ隊は警官隊とぶつかって国会構内に乱入しているのだし、もともとそれを目指した政治的行動なのである。そうであれば、全学連の行動が法的には悪かったとしても、法律を離れて考えれば同情すべき点が大きいと主張するよりほかはない。そのために、歴史論や政治論や文明論をいかにももっともらしく主張しなければならず、法律家以外の立場から、評論家に特別弁護人として「思想的弁護論」を一席ぶってもらうのである。

この当たり前のことが、どうも吉本隆明には理解できていないように思われた。「思想的弁護論」は四百字詰め原稿用紙で百枚近いかなり長いもので、次のように全四章より構成されている。

第一章が序論で、自分が「思想的弁護」をしようとする理由を述べたものである。

第二章が国会突入事件の背景、要するに安保条約への批判を述べたものである。

第三章が共同謀議成立に対する反論である。

第四章が公務執行妨害罪や傷害罪などの成立に対する反論である。

順序は逆になるが、総論である第一章と第二章は後回しにし、第三章と第四章から検討しよう。というのは、この二つは見ての通り純粋に法律論だからである。先に言ったように、通常、被告・弁護側が無罪を主張するには、被告の犯罪を立証する証拠はないとするか、正当防衛だとするかである。つまり、純粋の法律論である。これは、反安保闘争のような政治的事件ではほとんど意味はないが、それでも弁護士はダメモトで先述の「捨て身の奇策」を弄する。それ故にまずこれを検討したいのである。

事実、第三章と第四章の本文中には刑法の条文がいくつも煩瑣なまでに引用されている。しかし、法律家でもない吉本隆明が素人考えであれこれ法律の条文をひねくり回し起訴状を検討しても何の「奇策」が発見できたわけでもない。それどころか、常人には理解不能な、次のような記述もある。

　わたしは弁護人のように警察官に傷害があったとしても、参加学生の行為は刑法第三十五条（正当行為）、刑法第三十六条（正当防衛）、刑法第三十七条（緊急避難、過剰避難）等に該当するものであると主張しようとはおもわない。

例の如く、どの語がどの語に掛かるか全く分からない。「わたしは弁護人のように警察官に傷害があったとしても、」って、何のことだろう。弁護人のように警察官に傷害がある？　警察官が全学連の学生に傷害行為をしているのだが、その姿はまるで弁護人のようだった、ということなのだろうか。真逆《まさか》そんなバカなことがあるはずがない。そもそも裁判で問題になっているのは、学生が警察官を負傷させたことであって、警察官が学生を負傷させたことではない。警察官が職務の範囲で行動した結果、学生に怪我を負わせても罪には問われないからである。

吉本隆明は「傷害（傷つけ害する）」という言葉の意味が分かっていない。「傷つけられ害された」という被害の意味だと思っている。被害なら「負傷（傷を負う）」である。ここは「警察官に負傷者があったとしても」だろう。

すると「弁護人のように」は何だろう。文末の「該当するものであると主張」に掛かる。「わたしは」は、さらにその後の「おもわない」に掛かる。

なるべく原文を生かしてリライトすると、次のようになる。

〈リライト〉

弁護人は、警察官に負傷者があったとしても、参加学生の行為は刑法第三十五条、刑法第三十六条、刑法第三十七条に該当するものであると主張する。しかし、わたしはそのように主張しようとはおもわない。

要するに、全学連の学生の警察官への攻撃について、正当防衛論を主張しない、ということなのである。その理由が、こう続く。

何故ならば、このように主張することは一種の「法律ごっこ」であり、ますます事実の実態から遠ざかる（略）。〔全学連と警官隊のように〕直接に身体を触れ合うところで衝突した立場を異にする集団相互のあいだに起りうることは、このような検察官と弁護人のあいだの「法律ごっこ」の範疇をこえるものである。（略）わたしは刑法第二百四条〔傷害罪〕の規定する範疇をこえたところに警官隊と参加学生の傷害の根拠をみるのであって、如何なる意味でもその条文を適用することはできないと考えざるをえない。

この文章も分かりにくいのだが、前引部分よりいくらかましだろう。全学連の学生たちの行動は、刑法のどの条文に該当するかという「法律ごっこ」の範疇を超えたものだから法律では裁けない、と言うのである。すぐ後に続く言葉を使えば「現存する国家＝法秩序」に「対抗する思想を表現している」から不可罰、無罪だということになる。要するに、全学連の行動は国家秩序への反逆、すなわち革命だったから無罪だという主張である。

どうもまともな社会人が正気で主張することだとは思えない。革命（刑法では「内乱罪」にあたる）は、それが完遂された時には無罪である。というより、旧国家は既に打倒されて崩壊しているのだから、革命を罰する法秩序は存在しない。その意味では、旧法秩序内の議論は「法律ごっこ」だろう。しかし、全学連も共産主義者同盟も革命は完遂させていない。革命をいつかはやるという意志ぐらいはあったかもしれないが、その完遂ははるか未来のことである。その未来の空想的な革命政府を論拠にして国会乱入は無罪だという主張が通るはずがない。

私は法学部生だといっても、授業をサボりがちの劣等生だったので、特段の法律知識があるわけではない。ただ普通に考えればこれぐらいは分かることである。もちろん、プロの弁護士なら当然分かる。そこで通常は抵抗権の論理を持ち出す。

抵抗権の論理とは、横暴な国家権力に対して人民は抵抗する権利を持つとするものである。抵抗権は法律に明文上の規定があるわけではないが、法思想史や政治学などの観点からは、一種の「自然法」として人間には本源的に認められているとする学者もいる。この「抵抗」は言わば「革命の前段階」である。完遂された革命を、完遂する前に論拠にするわけにはいかないから、その前段階である抵抗の権利を論拠にして、反政府行動を弁護するわけである。

これは学生運動や政治運動などを弁護する際にもしばしば使われてきた。しかし、吉本隆明はこれをも否定するのである。

ここで後回しにしていた第一章と第二章に戻る。吉本隆明はこの第二章で、「市民民主主義派の学者、思想家たち」が主張する抵抗権の論理を次のように否定する。

抵抗権という概念は、政治的近圏目標として、たとえ改定安保条約反対、岸政府の打倒を目指すものであったとしても、原理的な遠圏目標として憲法＝法国家に対峙し、これを貫通しようとする思想過程の表現であった六・一五国会構内集会の思想にとってまったく無縁というべきである。

例によって日本語とは思えない日本語が並んでいるが、要するに、抵抗権という概念では、たかだか一条約に反対し、一政権を打倒するという近い目標しかとらえられず、遠い目標として法治国家と原理的に対決し「貫通」しようとする「思想過程」を表現する国会突入・構内集会の思想にとって、そんなものは無縁の代物だ、というのだ。

二重三重に理解に苦しむ論理である。まず括弧を付けた、国家に対峙して「貫通」するという意味が分からない。「貫通」は、普通、トンネル工事の時などに使う言葉だ。拡大解釈すれば、国家という枠組みを貫いて超えてしまうという意味にもなるだろうか。同じく括弧を付けた「思想過程」という言葉も分からない。すぐ後に出てくる「思想」とどう違うのだろうか。「思想過程の表現であった……思想」と続くので、さらに意味が分からない。

それでも吉本隆明の意を汲んで善意に解釈すれば、自分たちは抵抗権などという短期的概念を採らない、国家そのものを解体するという遠大な原理的思想の一環として、国会突入をしたということになろう。

私にはとても信じられない。安保条約に反対し国会に突入して構内集会を開こうとした数万の全学連学生たちが、そんな途方もない大思想を持っていたことがである。もしそうなら、何も安保条約改定時に限って国会突入したり構内集会を開くことはなく、恒常的に国会突入や「国家貫通」の宣伝扇動を行ない「法国家に対峙」すべきだろう。だって、法国家は一九六〇年六月十五日その日だけに存在しているわけではないのだから。言うまでもなく、全学連が日々「国家貫通」の運動をしていたという記録はどこにもない。

私は、吉本隆明という評論家は難解な文章で実はおかしな思想を説く人だという思いをいっそう強くした。先輩の助言に反し、「思想的弁護論」は私の書くべき冒頭陳述にはもちろん何の参考にもならず、私は良識の範囲で草稿をまとめた。

(2) 安保闘争の実相

前項では、吉本隆明の「思想的弁護論」のうちの各論にあたる法律論の部分を先に検討した。本項では後回しになっていた総論部分を検討しよう。ここには安保条約および安保闘争についての吉本の考えが述べられている。

安保条約論・安保闘争論は、一九六〇年当時から半世紀以上を閲《けみ》し、現在では保守革新を含めてさまざまな観点から考察が重ねられている。ここでそれを詳論する余裕も必要もなく、吉本隆明を論じる上で必要なものだけを考慮に入れて話を進めよう。

まず、吉本隆明自身の安保条約論である。吉本はこう言う。

改定安保条約は、日本国家=憲法の対米従属の表現ではなくて、戦後日本資本主義の安定膨脹と強化に伴い、米国と対等の位置を占めようとする日本国家資本主義の米国との相対的な連衡の意志を象徴する法的な表現であった。

そして、安保闘争論はこうである。

わたしは、当時「ハガチー・デモ」を排外主義的な愚行とかんがえていた。この愚行は、日本共産党=中国共産党の安保闘争の理念にたいする本質的な誤謬にもとづき行われたのである。安保闘争の思想をたんなる反米愛国主義によって埋葬し、大衆をその方向に誘導しようとするものであり、すでに理念として六・一五国会構内抗議集会と相容れる余地はなかったのである。

吉本隆明のこの安保条約論・安保闘争論は、全学連主流派を形成した共産主義者同盟の安保論に基本的に沿うものである。吉本が共産主義者同盟の同調者であると自ら認めている以上、当然そうなるだろう。ここには、前項で少し触れた新聞の投書類にしばしば見る市井の識者の常識的な安保論とは微妙な、だが、よく検討してみるとかなり重要な違いがある。市井の識者の安保論が中学生であった私にも影響を与えたことは既述の通りである。

　吉本隆明のこの安保論の意味は、現在ではやや分かりにくくなっているので、少し解説を加えておこう。

　まず、安保条約である。

　安保条約（日米安全保障条約）は一九五二年の対日講和条約（サンフランシスコ講和条約）を機に発効（調印は前年）した条約である。講和条約によって日本は敗戦以来七年ぶりに主権を回復したが、憲法第九条（戦争放棄）の制約のもとで安全保障を図らなければならなかった。そのためアメリカの駐留権を認め、一九五二年以後も引き続き米占領軍を駐留させるようにした条約であった。しかし、この安保条約はアメリカに駐留権を認めるのみで、日本防衛の義務を負わせない「片務的」性格の強いものであった。これを「双務的」な条約に改定しようというのが一九六〇年の安保改定（改定安保条約）であった。双務的であるからには、これ以降、日本の自衛隊の増強も進められることになる。また、一九七〇年の安保条約自動延長以後は、逆にアメリカから日本の「安保只《ただ》乗り（フリー・ライド）」が批判されるなど、不十分な双務性への不満が出るようになった。

ざっとではあるが、こう見てくると、国家と国家の駆け引きの複雑さ、また、国際情勢次第で国益も変動することがよく現れているように思える。

さて、安保条約が如上のようなものであるとすると、政治ベクトルは改定継続と打倒廃止で正反対であるが、条約そのものの認識は政府自民党と吉本隆明（また共産主義者同盟）とでおおよそ一致していることが分かるだろう。前引の吉本の言葉を使えば「改定安保条約は、日本国家の対米従属の表現ではない」。むしろ「日本資本主義の安定膨脹と強化に伴い、米国と対等の位置を占めようとする」国家意志の現れである。要するに、政府自民党としては、いつまでもアメリカの言いなりになっている気はなく、日本国は独立した資本主義国として国益を追求して強大化するつもりなのだし、吉本や共産主義者同盟としては、だからこそその資本主義、帝国主義の野望を打倒しなければならないと決意した、ということになる。

ところが、日本共産党（またこれを背後で支える支那共産党）や日本社会党など「旧左翼」は、そもそも安保条約の認識自体を根本的に間違っている。従って、安保闘争の意義も根本的に間違っていることになる。再び前引の吉本隆明の言葉を使えば「たんなる反米愛国主義」である。全学連反主流派（共産党系）は一九六〇年六月十日にハガチー来日反対デモを行なった。これは同日羽田空港に降り立った米大統領秘書官ハガチーの乗用車をデモ隊が包囲したもので、身動きの取れなくなった乗用車からハガチーは米軍ヘリで救出された。この「ハガチー・デモ」は全学連反主流派が全学連主流派（共産主義者同盟系）に対抗して自派の存在誇示のために行なったものであり、こんなものは「排外主義的な愚行」である、ということになる。

さて、今となっては、それぞれベクトルを異にする政府自民党と共産主義者同盟の安保論が大筋では正しかったことは明白である。別の言い方をすれば、政府自民党の安保改定の真意を共産主義者同盟が正しく見抜いていたから正しい安保反対論を提起できた、ということになる。

だが、それなら、社会党・共産党などの旧左翼はなぜこうした正しい安保認識をしなかったのか。また、正しい安保認識をしなかった社会党・共産党は本当に政治的に誤っていたのか。こうした問題を検討しよう。

ここには「原理主義」と「修正主義」の問題が現れてくる。

原理主義と修正主義は、あらゆるイデオロギー体系に生じる二つの対立的な潮流である。イデオロギーの中核である原理を失ってしまっては存在意義がないとして原理を固守すべきだとする原理主義と、これに対して、原理を固守していてはイデオロギー自体が生き延びられないとして現実的修正を図る修正主義である。これは求心性の強い宗教、特に一神教において顕著である。イスラム原理主義と世俗主義(世俗への修正主義)の対立は二十世紀終わりから世界の重要な関心事となってきている。キリスト教原理主義もアメリカ南部では重要な政治勢力であり文化的影響力も大きい。十六世紀のルター、カルヴァンらの宗教改革も、カトリックの堕落(これも世俗への修正主義)に対するキリスト教原理主義の反逆であった。

この構図は宗教に近似する求心性を持つ共産主義にもかなり顕著である。

革命戦略について見てみよう。

前項でも軽く触れておいたが、マルクス主義の原則では社会主義革命は世界革命である。というのは、資本主義の矛盾は一国内の矛盾で終わることはなく、世界的な恐慌に至るからである。また、社会主義の最終目標は、貧富の差も社会的抑圧もない「自由で平等な共産主義社会」であり、そこでは貧富の差や抑圧を維持するための国家は必要がなくなって「国家は死滅」する。しかし、国家の死滅した社会は、帝国主義に包囲されていては存続するはずがない。そうであれば、社会主義は一国では完成せず、必然的に世界革命を志向する。社会主義革命の主体はプロレタリアート(労働者階級)である。プロレタリアートは「鉄鎖以外に失うものは何もなく」、民族・国籍という属性を持たないインターナショナル(国際的)な存在である。国益と国益とがぶつかりあい、民族と民族が憎悪を募らせる帝国主義戦争を革命に転化するのがプロレタリアートの歴史的使命である。

こういう理論である。

しかし、実際のロシヤ革命は一国革命であった。旧ソ連は十五の共和国から成る「ソビエト社会主義共和国連邦」である。ソ連は、かつては「ソビエト社会主義共和国同盟」、略称「ソ同盟」と言った。「連邦・同盟」の原語の「ソユーズ」は広く「結びつき」を意味するので（連結宇宙船の名称も「ソユーズ」）「同盟」でも「連邦」でもいいのだが、かつての「ソ同盟」には世界革命の方向性が暗示されていた。しかし、同盟であろうと連邦であろうと、これはソ同盟という一国家、ソ連という一国家、というより社会主義ロシヤという一国家であった。

なぜ一国革命であったのかは、ほとんど説明さえ要しないだろう。ロシヤ革命に危機感を持った資本主義国がこれを包囲する中、せっかく成った一国革命さえ存続が危ぶまれるのに、世界革命なぞ夢のまた夢だからである。だが、当然ながら、これはマルクス主義の原理を踏み外した修正主義であり、労働者の祖国ソ連を守れというナショナリズムへの堕落後退である。先の吉本隆明の言葉をもう一度使えば「排外主義的な愚行」であり「たんなる反米愛国主義」に陥ることになる。

ソ連は戦後まもなく核実験を繰り返すようになり、やがて核ミサイルも全土に配備した。このことによって世界中のプロレタリアートは二重の苦しみに襲われることになった。まず、プロレタリアートとして自国の資本家に搾取され抑圧される苦痛。加えて、ソ連核実験による放射性物質の降下、さらには核戦争の恐怖である。これも修正主義的な一国社会主義によるものである。共産主義を原理主義的に固守する革命戦略によって、世界中のプロレタリアートが連帯「したら」、世界中のプロレタリアートが蜂起「すれば」、かくも理不尽な恐怖の帰結にはならなかっただろう。これが原理主義的な世界革命主義である。

実際、原理主義的な共産主義者同盟また思想的にはこれに近い党派（政治的には別組織であり、後に内ゲバ抗争を繰り返す）は、ソ連核実験に反対し、モスクワで核実験反対デモも敢行している。

しかし、これらの思想および行動はどれだけの人に、どの程度正しく理解されていただろうか。

全学連がソ連核実験に反対し、モスクワで核実験反対デモを敢行したことは、多くの日本人に好感をもって迎えられた。新聞報道でこれを知った中学生の私もその一人であった。しかし、それは、全学連は暴れん坊だが公平であるという好感であって、世界革命を追求しているから好感を抱いたわけでは全くない。平和を叫び、核兵器廃絶を訴えながら、核実験を繰り返すソ連を「不公平」だと思っていたからである。

この種の「誤解」はトロツキー評価にもつきまとっている。

トロツキーはロシヤ革命の重要な指導者の一人である。ロシヤ革命の最高指導者レーニンの死（一九二四年）の後、政敵スターリンとの対立が深まり、一九二七年に党を除名され、一九二九年には国外追放となった。一九四〇年、亡命先のメキシコで暗殺されている。

トロツキーの思想は原理主義的なマルクス主義であり、一国革命主義のスターリンに対し、世界革命（永続革命）を称えた。これをソ連共産党やその影響下にある日本共産党は「左翼日和見主義」であり反革命であるとした。日和見主義とは日和（天候）を見ながら態度を決める現状追随主義という意味であり、これと「左翼」は論理的に結びつかない。むしろ「左翼原理主義」とすべきところだが、そう批判すると自分たちが修正主義であることを認めたことになるからこういう言葉を案出したのである。

トロツキーの著作は、一九五〇年代までは邦訳も少なく、特殊な研究者以外にはまず読まれることはなかった。日本共産党がトロツキズムを反動・反革命として強く非難していたからである。一九六一年に「トロツキー選集」（現代思潮社）の刊行が始まり、トロツキーは共産党に批判的な人たちを中心に次第に読まれるようになった。特に一九六〇年代末には全共闘、新左翼の学生などに読者を増やした。

この背景には共産主義、ロシヤ革命の原理的検討の思想風潮があった。

一九五〇年代に入るとソ連の政治犯収容所の残酷な実態がかなり知られるようになり、一九五六年にはソ連の衛星国（従属的同盟国）であるポーランドとハンガリーで相次いで大規模な反ソ暴動が起きた。これによってスターリン主義ソ連への批判が高まる。こうした時代潮流を受けて、共産主義の原点を探る動きが出てきたのである。むろん「動き」といっても理論的、思想的なものであり、政治的に何かが動いたわけではない。マルクスも初期の著作の再評価が唱えられ、ソ連共産党によるマルクスの著作のテキスト改竄《かいざん》も批判されるようになった。抹殺された革命家トロツキーへの関心もこうして生まれる。

しかし、そこには大きな誤解があった。狭量陰険なスターリンの強権政治に対する教養人トロツキーの柔軟で寛容な文化的政治という構図である。これはスターリン主義への反発によって生じた願望から来る誤解であった。スターリンの反対のものをトロツキーに期待したのである。

本来、トロツキーは原理主義によって修正主義を批判した。修正主義的な一国革命を排し原理主義的な世界革命を遂行せよと批判したのである。政敵の粛清が残虐非道であると批判したのではなく、衛星国への強圧的な武力侵攻を批判する思想を持っていたのでもない。全く逆である。現に、一九二一年、食糧不足や中央集権的政治への不満からクロンシュタットで反乱が起きた時、これを徹底的に鎮圧したのはソ連赤軍の創設者だった原理主義者トロツキーであった。

トロツキーへの願望を込めた誤解が生じたのは、トロツキーが文学や芸術への造詣が深く、フランスのシュールレアリズムの芸術家たちとの交流もあり、スターリンに追われてメキシコへ亡命した後も女流画家フリーダ・カーロとの恋愛などが知られていたからである。しかし、こうした芸術家気質や知識人体質こそ、原理主義に親和的であることが多い。一方のスターリンには原理主義はない。ただ権力意志があっただけである。スターリンが権力を維持し統治を貫徹するために、原理などいくらでも修正することは十分に納得できるだろう。

原理主義と修正主義の関係は以上のようなものである。さて、そうとらえておくと、新左翼（吉本隆明、共産主義者同盟、全学連、後には全共闘）と旧左翼（社会党、共産党、またその関連組織）の関係が極めて分かりやすくなる。簡単に言えば、新左翼は原理主義なのであり、旧左翼は修正主義なのである。新左翼は知識人的で夢見がちであり、旧左翼は庶民的で現実的なのである。

旧左翼は正しい安保認識ができなかったのではない。しなかったのである。先の安保条約論・安保闘争論を思い出していただこう。一九六〇年の安保改定は、片務条約から双務条約への改定であり、「対米従属」から日本資本主義が自立し「膨脹と強化」しようとする国家意志の表われであった。だが、かかる安保条約への批判を民衆に訴えて、誰が理解し、誰が共感し、誰が政府自民党への怒りをたぎらせるだろう。最終的には「国家を貫通」するつもりなのだと訴えて、誰が拍手し、誰が連帯の手をさしのべるだろう。もし、政権奪取を目指すなら、日本の「対米従属」を批判し「反米愛国主義」の心情を掻き立てるのが一番である。社会党・共産党は現実的な修正主義を選択したのである。最低限、権力の一角に食い込むために。

原彬久《よしひさ》『戦後史のなかの日本社会党』（中公新書、二〇〇〇）は従来にない資料も用いた社会党研究の好著である。その中に、社会党系労組の連合組織「総評」の事務局長の秘話が紹介されている。総評は組織を上げて全国から労組員を動員し安保反対デモを展開していた。デモ隊と警官隊の怒号が東京中に満ちる中、総評の事務局長は首相秘書官と夜な夜な料亭で会っていた。もちろん、安保闘争の「落としどころ」を探るためである。この本以外にも、これに類する話は、確証の取れないものも含めていくつも聞いたことがある。

安保闘争が燃え上がって得をするのは、実は社会党・共産党だけではない。安保闘争が適度なものである限り、政府自民党も得をする。アメリカに対する圧力になるからである。まさに「対米従属」から日本資本主義が自立し「膨脹と強化」しようとする推力エンジンになる。我々も反米運動を取り締まってはいるんですが、抑えきれなくなるかもしれませんよ、そうなるとどなたが困りますかね。こういう外交カードである。

何かに似ているだろう。韓国の「反日」である。外国のことだとかえって政治なるものの本質がよく見える。

韓国ではしばしば反日運動が起きる。慰安婦問題、戦時徴用問題などが何度も蒸し返される。歴史的事実としてはほとんど根拠のないような事例が多数なのだが、それでも「反日愛国主義」の運動が起きる。事実の争いではなく心情の争いだからである。それを巧みに利用してきたのが歴代大統領であった。国内の不満をそらし、国論を一致させ、日本との外交カードに使うのである。実は、韓国の反日感情は、アフリカの部族抗争に見るような対立相手を数百万人殺してもなお飽き足りないという憎しみに満ちたものではない。韓国人の訪日観光客は増える一方だし、日本人の恋人がいる韓国青年は友人に対して自慢である。この反日感情は、羨望とその半面の見返してやりたいという気持ちの融合物である。そして、これも日本人の「反米愛国」の感情と相似している。

一九六〇年の安保闘争を「反米愛国主義によって埋葬」させることなく「国家を貫通」する運動と位置づけた吉本隆明は、安保闘争からちょうど半世紀たった二〇一〇年六月十四日付の朝日新聞で、インタビューに応えてこう語っている。

〔六〇年安保闘争は〕個人的にはアメリカに異議申し立てをする最後の機会とも思ってました。戦争中、軍国少年だった僕の中に、日本を敗北に導いた国だという思いが尾を引いていて、そのアメリカに一矢を報いたかった。

吉本隆明も、何のことはない、「アメリカに一矢を報いたい」という「反米愛国主義」の心情で安保闘争に参加していたのである。

それほどナショナリズムの心情は人間の中に大きい。革命を遠望し政治を原理的に考察している「戦後最大の思想家」でさえである。まして、政治の原理なんて知りもせず、知りたいとも思わず、「魚を明日どうやって売ろうかというような問題しかかんがえない」魚屋に代表される大衆は、なおさらである。それを巧みに扇動し、誘導し、束ねた者が、政治的に勝利する。韓国の歴代大統領であり、日本の為政者たちであり、最低限議会の一角を占める程度には権力を分有するに至った社会党・共産党である。

吉本隆明の出発点は「思想は主観、社会関係は客観」という真理（というほどのものかどうかはともかく）の発見であった。吉本がこの真理を発見するずっと前から、政治家も、戦国武将も、暴力団組長も、逸材と呼ばれるような人物は誰もがこんなことは知っていた。また、二十世紀になって盛んになった心理学という科学は、科学であるからこそ思想をも客観的に研究し、現実へ応用することを思いついた。社会心理学、宣伝心理学である。これが戦争に利用され、植民地支配に利用され、商品広告に利用され、選挙宣伝に利用されてきたことは常識である。

私は、思想や原理を否定しているわけではない。嘲笑っているわけでももちろんない。その教理に何の客観的真実もないキリスト教やイスラムが歴史を作り、共産主義は人類に喜びとともに恐怖を与え、希望とともに絶望をもたらしてきた。人間は、自ら身命を賭して十字架への道を歩み、「来たれ牢獄絞首台」（「赤旗の歌」）と高らかに歌う奇妙な生き物なのである。人間の社会は、人類の歴史は、思想や原理という奇妙なもので動いている。

主観化された思想や原理の解体を目指したつもりの吉本隆明は、実は「反米愛国主義」さえ解体していなかった。修正主義は客観的現実を繰り込んだが、吉本はこれに勝てないまま、「国家貫通」という原理主義を唱えていた。そんなことさえ読み取れず、吉本を「よくわからんが、とにかくすごい」「よくわからんところが、なんといってもすごい」とありがたがった一九六〇年代から七〇年代の左翼的な青年たちや、今なお戦後最大の思想家と尊崇する怠惰な連中たちは、何かおかしな「共同幻想」に支配されているのだろう。

2　「吉本大衆神学」の成立

(1) 何でもかんでも「大衆」

吉本隆明の「思想的弁護論」が収められた『自立の思想的拠点』はこの書名が魅力的だった。私は長い間ずっと思想の自立する理論、根拠を求めてきたからである。

もちろん、私にとって「思想の自立」「自立の思想」と言う時の「自立」とは、知識人が大衆から自立することである。これは大学に入る前、高校時代からのことであった。そのため左翼系の教師たちと（地方都市でもあり、一九六〇年代前半でもあり、共産党系である）いつも対立していた。半面、この教師たちは概して誠実で情熱的な教育者であり、私は好感を持っていた。現在に至るまで、このうちの何人かと交流がある。知識人の大衆からの自立を探る私の心情は、思い返してみると、高校時代からではなく、小学校時代からあったのかもしれない。そのため、小学校時代もやはり教師と対立し、やはりそういう教師と親しかった。

さて、『自立の思想的拠点』を一読して驚愕したことは、吉本隆明という思想家は、知識人の大衆からの自立ではなく、大衆の知識人からの自立を唱えていたことである。私は書名を見て正反対に誤解していたのであった。既に吉本の著作を何冊か読んでいたので、迂闊と言えば迂闊ではあったが、前節で見たように、吉本は著作で「市民民主主義者」を何度も批判しているので、私はてっきり民主主義に批判的な本であり、そうであれば大衆に懐疑的な本であると勘違いしていたのである。

本書の冒頭から問題にしてきたように、吉本隆明は「大衆の原像」つまり「本当の大衆の姿」を著作の中で何度も論じている。『異端と正系』（現代思潮社、一九六〇）収録の小論「知識人とは何か」ではこんなことを言っている。

> 庶民や大衆が日常体験を根強くほりさげることにより、知識人の世界、雰囲気、文化から自立しなければならないとおもう。かれら〔知識人〕のふりまく文化、イデオロギーを、擬制〔虚構〕的なものとして退けねばならない。

ここには「庶民」と「大衆」が並列して出てくる。両者を区別して使っているようにも思えず、「海洋」が単に「海」を意味するように、語調を整えるためだけに並列したのだろう。吉本隆明はこの頃はまだ「大衆の原像」をキーワードとしてそれほど強調していない。それはともかく、吉本がここで言う「知識人」とは、引用を省略した前の部分で言及しているフランスの哲学者サルトルなどのいわゆる「進歩的知識人」を念頭に置いているのだが、それでもここに見るように限定詞抜きの知識人一般にも広げている。

要するに、吉本隆明は、大衆は日常体験を掘り下げることによって知識人から自立しなければならない、と言うのである。吉本という知識人がそう言うのである。大衆がそう言うのではない。大衆が我々は知識人から自立しなければならないと言ったというような話は聞いたことがない。そう言った時既に知識人の世界に一歩足を踏み入れているだろう。

さて、それでは、大衆に「退けられる」立場にいる知識人は、どうすべきなのか。これも既に類似の言葉を紹介してきたが、『自立の思想的拠点』収録の小論「情況とはなにかⅡ――戦後知識人の神話」でも、吉本隆明はこう言っている。

大衆の原像をたえずみずからのなかに繰り込むという知識人の思想的な課題に照らして、戦後知識人と、その政治的集団である社共〔社会党・共産党〕と自民が、現在まったく破産に瀕していることは印象的な事実である。

知識人は大衆の原像を繰り込むべきだ、と吉本隆明は言う。そうしないと、どうなるか。そうしなかった社共と自民は「まったく破産に瀕している」と。本当だろうか。一九六六年の段階で「印象的な事実」として、そんなことがあったとは「まったく」思えない。これは前節で六〇年安保闘争を検討した際に見た通りである。自民党は言うまでもなく、社共両党もそれなりにうまくやったのである。もちろん大衆の原像がどういうものかよく分かり、それを自らの中に繰り込んでいたからである。「破産に瀕している」のは、共産主義者同盟、全学連、そして吉本である。彼らは原理主義者であるから「本当の大衆」が分からないし、分かる必要もない。「原理に照らして」正しければそれで正しいと考えるからである。対するに、修正主義者には現実の「本当の大衆」が分かっているのである。

もっとも、それから三十年も経つと時代が大きく変わり、自民党はともかく社共両党は「破産に瀕する」ようになるが、これはまた別に考察しなければなるまい。

さて、その本当の大衆とは具体的には何だろう。今まで出てきた例で言うと、まず「魚屋」である。「魚を明日どうやって売ろうかというような問題しかかんがえていない」魚屋である。これは、まあ、確かに大衆と言えば大衆である。しかし、「孫蔵」

も出てきた。地方の下級官吏を経て小さな農地を持つようになった実直な老農夫である。現代で言えば、高卒、それどころか社会人入学で大学ぐらいは行っていそうな感じである。そこそこ教養があるため村人の人望も厚いし、息子を東京帝大に入れたように教育にも熱心である。そして転向して帰ってきた息子に諄々《じゆんじゆん》と人の道を説く。もし、孫蔵が魚屋タイプの大衆なら、大根や人参を明日どうやって売るか、そのことしか考えずに生きているはずである。息子を東京帝大へ入れようと考えたとは思えないし、諄々と人の道を説いたとも思えない。逆に、魚屋が孫蔵タイプの大衆なら、明日の魚の売れ行き以外のことにも心を砕き、息子を東京帝大へ行かせただろう。明日の魚の売れ行きしか考えないまま、なぜか人の道についてだけは深く考えていたとも思えない。

どうもおかしなことに、原像と言いながら、「大衆の原像」には何種類もの原像があるようだ。

魚屋と孫蔵のほかに吉本隆明がどんなことを言っているか、いくつか拾っておこう。『抒情の論理』（未來社、一九五九）では、日本近代抒情詩人の代表者三好達治（一九〇〇～一九六四）が戦時中に「残忍な戦闘意識」を詠んだことを論じている。それは「この賊はこころきたなし　もののふのなさけなかけそ　うちてしつくせ」（敵は心汚れた者であるから、兵士よ、情けをかけるな、討ち尽せ）というものであった。この詩には、フランス詩の翻訳もした三好が日本の伝統的「詩意識」に「先祖かえり」した時に逢着したものが現れているとして、こう言う。

日本の恒常民衆の独特な残忍感覚と、やさしい美意識との共存という現象であった。

ここでは「恒常民衆」と言っているが、先の「庶民や大衆」と同じくつまり「大衆の原像」のことである。ただ民俗学の祖、柳田國男の言う「常民」（通常の民）を意識していたのかもしれない。それはともかく、吉本隆明は、ここでは「民衆の残忍感覚」と言っている。敵は汚らしいから情け無用で殺し尽くせという残忍な感覚が大衆にある、というのだ。別のところで、大衆は火付け強盗、何でもやる、と言っているのを読んだこともある。さすがにこの時は、大衆の九割以上はそんなことはしないぞと、私はいつに似ず内心で強く大衆を擁護した。大衆であるだけで放火犯や強盗犯の予備軍だというのは、いくらなんでもあんまりだと、この時だけは人権主義者に豹変した。

さて、話を戻すと、「本当の大衆」は、魚屋のように明日の売り上げのことしか考えない潔《いさぎよ》いまでに即物的な存在でもあるし、貧しさの中で向上心と倫理意識をはぐくむ孫蔵のような存在でもあるし、それに加えて、敵を汚らわしく思い容赦なく討ち尽くす残忍な存在でもある、ということになる。

何でもかんでも「本当の大衆」である。「大衆の原像」と言えば何でもありらしい。そうかと思えば、『異端と正系』所収の「海老すきと小魚すき」では、こんなことも言う。

藤田省三〔「思想の科学」系の思想史家〕のように大衆の「いやらしさ」などといってダーザイン〔現実存在〕としての大衆をみつけてもはじまらない。大衆は、沈黙もしていなければ、いやったらしくもない。

何でもかんでも「本当の大衆」どころではない。論敵が現実存在のいやらしい大衆を示した時には、今度は「大衆の原像」は「いやったらしくない」ものになる。「大衆の原像」は変幻自在、融通無碍《むげ》である。

その数ページ前ではこんなことも言っている。

わたしは、谷川雁〔詩人、評論家〕もふくめて、インテリゲンチャ（わたしはインテリゲンチャではないが）が、大衆論をやるばあいに、サークル運動や、大衆記録を種にして大衆の性格を論ずるのが不可解でならない。

サークル運動（勉強会などの啓発運動）や大衆記録を批判することは今問題にしないとして、吉本隆明は自分がインテリゲンチャではないと言うのである。「インテリゲンチャ」とはロシヤ語で「知識層」という意味である。この言葉には十九世紀ロシヤの歴史的事情が反映している。一個人が「知識人」であるというだけではなく、それが一つの階層として出現し、傾向や程度はそれぞれだったとしても社会の現状に批判的な意識を持つという含意がある。「インテリ」と略して言うことも多く、一般的に「知識人」という意味で広く使われており、それで特に問題はないのだが、「あるベクトルを持った知識人」ぐらいに理解しておけばもっと正確だろう。

それにしても、驚くべきは、吉本隆明が「わたしはインテリゲンチャではない」と宣言していることである。じゃあ、吉本は大衆なのか。東京工業大学を卒業し、詩人であり評論家であり、著作が何冊もあって、しかも大衆なのか。理解に苦しむ発言である。

これは今言った「ベクトル」に関わってくる。前節で論じた「思想的弁護論」にこんな一節がある。

「進歩的知識人」によれば、これらの大衆は未熟な啓蒙すべき存在であり、憲法感覚とやらを身につけねばならず、憲法＝法国家を守らねばならないとされるのである。

私は、進歩的知識人だろうと保守的知識人だろうと、そして大衆だろうと、憲法の思考方法という意味での憲法感覚を身につけていた方がいいと思う。それだけでなく、刑法感覚も、税法感覚も、手形法感覚も、身につけるに越したことはない。法国家（法治国家）に生きている以上、それが現実に役立つからである。だからこそ、何か法律に関わる揉め事が起きた時には、後知恵ではあるが法律の解説書を読むか、プロである弁護士や税理士などに相談する。あらかじめいくらかでも法感覚を身につけておけば、相談もスムーズに行くだろう。吉本隆明や共産主義者同盟が唱える「国家を貫通する」感覚や思考を身につけていても何の役にも立ちはしない。これと同じように、憲法を骨格とする法治国家も、破壊するよりはとりあえず守ったほうがおおむね得であるから、その限りでは守ったほうがよいと思う。

これぐらいのことは誰でも分かるはずなのに、吉本隆明はこれを否定する。それは、進歩的知識人の言う「憲法感覚」が「憲法精神」とでもいうべき社会真理であり、何か究極の人間原理のようなものに思われるからである。そして、これを身につけていない大衆は人間として未熟であり、知識人が啓蒙すべき存在だとされがちだからである。

しかし、進歩的知識人でも、憲法をそのように考えている人はそんなに多くはないはずだ。進歩的知識人が少なくとも知識人である以上、憲法とその下位に置かれた諸々の法律は実定法、すなわち、現実に定められた法であると、最低限知っている。法を、輪郭不分明な茫漠とした真理だとか、摑み所のない人間原理だとは、考えていないはずである。中には、前節で見たように、何かというと「抵抗権」を持ち出す輩もいる。しかし、そんなものは条文も明示されていない漠然とした自然法にはあるとしても、実定法には存在しない。

それなのに、そんなおかしなものを振りかざし、大衆を未熟な人間と決めつけ、啓蒙してやろうというのは、笑止の沙汰である、とするのなら、私にもよく分かる。

私は病気になると病院へ行く。自分には医学の専門知識がないからである。そして基本的に医者の指示に従う。医者は私を医学的知識に関して未熟だと思い、啓蒙するわけである。しかし、医者が「観音様のお水」や「病魔封じのお札」を薦め、それを知らないおまえは人間として未熟であり、俺が啓蒙してやろうと長広舌を振るいだしたら、私はさっさとその病院から帰るだろう。そんな途方もない話に啓蒙されたくはないからである。未熟だと思いたければ勝手に思ってろという気持ちである。

しかし、観音様のお水と解熱剤や栄養剤を根本的に区別する根拠って何だろう。どっちにしろ「啓蒙という強制」「啓蒙という人格侵襲」がある。これは誰でも嫌なのである。観音様のお水も嫌だが、苦い薬も痛い注射も嫌なのである。啓蒙は常にする方のみ高揚し、される方は苦痛なのである。

そうであるが故に、啓蒙には責任と決断が伴い、啓蒙の報酬はしばしば挫折である、と言うのなら、その通りであろう。しかし、吉本隆明はそうではない。大衆を啓蒙することを倫理的に禁ずるのである。大衆をインテリの知識による侵襲から守ろうとするのだ。理由は、吉本にとって大衆は「不可侵」だからだとでも言うよりほかはない。

どうも常人にはよく分からない理屈である。

しかし、『「反核」異論』（深夜叢書社、一九八二）にも、やはり常人にはよく分からない理屈が述べられている。それは、本論の反核運動への批判のことではない。この反核運動への批判はさほど優れたものではないが、反核運動があまりにもナイーブであり、運動屋の政治的餌食になっている現状を批判したものとしては、それなりに意味を持つ。私が常人にはよく分からない理屈と言うのは、この本の最末尾の「後註」にある次のような一節である。

わたしはじぶんの本がたくさん人々に読まれることを、それがわたしを経済的に潤してくれるからという意味以上の意味で、願ったことは一度もない。だがこの本は別だ。「反核」集会に出かけた数十万といわれる人々には読んでもらいたいものだと願望している。

私は、吉本隆明の反核運動批判の論理は、評価は別として、理解はできた。しかし、後記のこの言葉は、今から三十年前、一九八二年時点での私には理解不能であった。まず、自分の本が多くの人に読まれたいと思ったことが一度もないということが何を意味するのか、まったく理解できなかった。私は、当時単行本を出せるようになって一年目であり、一人でも多くの読者に読まれたいと願っていた。それは経済的理由からだけではない。自分の考えを多くの人に伝えたいからである。これは、職業的な文筆家であろうと、それを目指す人であろうと、アマチュアの投稿家であろうと、共通している。後二者に当然その気持ちは強い。だからこそ、自費出版物が、研究書、評論書、小説はもとより、どうでもいいような身辺雑記や自分史を含めて、数千万冊も刊行されているのである。そこでは「じぶんの本がたくさんの人々に読まれる」ために経済的理由がむしろ度外視されていることはもちろんである。

しかし、吉本隆明はそんなことを思ったことは一度もないと言う。一種の衒《てら》った修辞かとも思ったが、吉本は今までそんな凝った文章は書いてこなかった。どうも本気らしい。

私が本格的に吉本隆明批判をしなければならないと思ったのは、第六章で詳論する吉本の迷走が顕著になる一九九〇年代のことだが、その頃になって、この奇妙な文章の理屈がやっと分かった。吉本は倫理的に自らに啓蒙を禁じているのである。なぜならば、大衆は知識人のベクトルから不可侵だからである。

私は啓蒙を信じていない。大衆を啓蒙することは原理的に不可能だと言ってきた。倫理的に禁じているのではない。不可能だから啓蒙を信じないのである。しかし、私の著作は人口の一パーセントの人には読まれたい。一パーセントとはいえ、百二十万人である。その人たちは社会の中核をなす人であり、私の考えを敷衍したり検証したり、修正したり脚色したり、実現したり反面教師としたりして広めてくれるからである。私のこの姿勢はそんなに特異なものではないだろう。誰だって自分の書いたものが一億二千万冊も売れるとは思ってはいない。といって、千冊や二千冊でいいとも思わない。

ところが、吉本隆明は、大衆は不可侵だから自分の本が大衆にたくさん売れることを望まないのである。とはいえ、『「反核」異論』だけは「数十万といわれる人々」に読んでもらいたい。なぜならば、この人たちは知識人のベクトルによって侵襲されているからである。これを守るための一種の正当防衛として、吉本のこの本は例外的に大衆への侵襲が許されるという理屈である。

私のこの解釈自体が理解しにくいと思う読者もいるだろう。この解釈を傍証する話を紹介しよう。

芹沢俊介という評論家がいる。教育、家族といったテーマを中心に社会評論を新聞や雑誌に書いている。単行本も多く出している。私は、ほかのところで、吉本隆明の最も愚直な弟子として強く批判しておいた。この芹沢が、吉本没直後の「文學界」(二〇一二年五月号)の「追悼・吉本隆明」特集で、晩年の吉本から「足が遠ざかった」話、つまり普通に言えば吉本から「破門された」話を書いている。自分の長年に亘《わた》る師への忠誠心が裏切られたようで、残念、悔しい、という感情のあふれた異様な追悼文で、大変に面白い。

その話は、次の通りである。文中に出てくる米沢慧というのは芹沢俊介の友人で、ホスピス（終末期医療施設）の解説書がある。

足が遠ざかったのには理由がある。吉本さんが出した『生涯現役』（二〇〇六年）という本のなかで、私（と米沢慧）を「最近はホスピス運動家みたいになってしまった」と発言しているのを読んだことである。「本人たちはどうもいいことをしていると思っているらしい」とも述べている。これには唖然とした。（略）だが発言は、ここで制止がかからなかった。暴走しはじめたのだ。「年寄りを安楽に死なせてあげる」施設という間違ったホスピス理解をもとに、ホスピスをナチスの優生思想と同じだと断じ、ナチスにはまがりなりにも自分たちのやっていることに自覚はあったが、芹沢（や米沢慧）はすっかりいいことをしていると思っているのだから、ナチスより悪いというところまで突き進んだのである。

吉本隆明がホスピスを理解していたのか誤解していたのかはさておき、吉本は大衆に対して「いいことをする」のが倫理的に許せないのである。同じ文中で芹沢俊介は米沢慧を次のように弁護している。

米沢慧は、吉本さんのいうように介護士でもなければ医者でもない。吉本さんが自認している「素人」である。「素人」として考え、吉本さんの望むような「さりげなく、小さく」、いのちをテーマにした勉強会を続けてきた人である。

私には理解できない理屈である。私は自分に介護が必要となったら専門の介護士に相談する。病気になったら、前述の通り、専門の医者に相談する。素人に、それも「さりげなく、小さい」素人に相談しようとは思わない。私だけでなく、大衆だってそうである。しかし、吉本隆明や芹沢俊介は、介護士でもなければ医者でもない素人に相談するらしい。それは吉本が素人だと自認しているからだという。

そもそも「いのちをテーマに勉強会を続けてきた」米沢慧を、果たして素人と呼んでいいのか。しかも、米沢にはホスピスについての著作まである。その米沢が、もっともっと勉強会を続けたら、それでも素人なのか。さらに生涯を通して勉強し続けたら、やはり素人なのか。勉強を続けに続けて医大に入学するまでになったら、それは倫理的に悪なのか。勉強は医大入学直前までやめるべきなのか。常人にはとても理解できない。

芹沢俊介は一九九六年「放置の思想」を思いつき、この「社会を根底的に揺さぶる新しい考え方」を朝日新聞や産経新聞で披露した。社会や人間はとにかく放置するのが一番良い、という、仰天するほど単純な「新しい考え方」であった。きっと、交通事故で大怪我をしている人を見ても、救急車を呼ぶな、放置しろ、と芹沢は叫ぶのだろう。その何年か前には、「イノセント理論」を唱えていた。子供はイノセント（無垢）だというのである。これまた慨嘆する気力さえなくなる愚かしい主張であった。この「放置の思想」と「イノセント理論」が、吉本隆明の「大衆の原像」に相似するものであることは明らかだろう。

どうも、吉本隆明にも、吉本に破門された愚直な弟子にも、大衆には理解できない理屈を述べる共通性があるようだ。その根底に、大衆不可侵、素人讃美、という奇妙な原理があることだけは、大衆ではない私には理解できる。

(2)「大衆神学」と民主主義原理主義

私が、吉本隆明の『自立の思想的拠点』を、知識人が大衆から自立する思想を論じた本だと誤解したのは、吉本が「市民民主主義」を繰り返し批判してきたからであった。私は、この批判を民主主義に向けたものであり、中で市民民主主義を特にその代表として強く批判したものだと解した。しかし、そうではなかった。吉本は、民主主義はすばらしいものだが、これに「市民」という限定符をつけたものを否定する、というのである。なぜならば、限定符をつけた民主主義では、吉本のいわゆる「大衆の原像」を繰り込めていないからである。前項で見たように「大衆の原像」には何の限定符も付かない。それどころか「何でもかんでも大衆の原像」であった。つまり、吉本の民主主義は「民」を下方に無限拡大した民主主義である。その意味で、吉本の思想は「民主主義原理主義」なのである。

吉本隆明が民主主義者？　そんな馬鹿な。そう思う読者が大多数だろう。しかし、それこそ誤解、誤読であり、この誤解、誤読を誘ってきたのが、例の日本語とは思えない日本語と、常人には理解不可能な論理構成であった。あんな難解な文章を書く吉本が民主主義者のはずがない、というねじまがった読み込みが、こういう誤読誤解を生じさせた。

　民主主義への批判、あるいは大衆への批判は、欧米では二十世紀に入ってから社会学者や政治学者らによって論じられるようになった。日本では戦後その翻訳が始まり、一九六〇年頃から徐々に議論されるようになる。それは、しばしば耳にする「民主主義の履き違え」論のような通俗論ではなく、大衆社会の進行に伴う文明論的な批判である。こうした大衆批判は、スペインのオルテガ・イ・ガセットの『大衆の反逆』が代表的なものである。評論家の西部邁はこれを踏まえた『大衆への反逆』（文藝春秋、一九八三）で注目されるようになった。西部は六〇年安保闘争当時、全学連の指導者の一人であり、その視点も今言ったような通俗論とはまったく違う文明論的な洞察を持ったものであった。

　この西部邁に「大衆社会をこえていく綱渡り」と副題された対談集『論士歴問』（プレジデント社、一九八四）がある。その冒頭が吉本隆明との「大衆をどう捉えるか」という対談である。この年、吉本は六十歳、西部は四十五歳。十五歳の年齢差があるためか、また六〇年安保のいきさつもあるのか、吉本はいつもの難解な文章とは違って、本音を平易に語っている。ここで、吉本は次のように発言している。

もっとぼくの個人的な好みを言わしてもらえば、ここが西部さんと違う気がするのですが、それじゃだれが政治をするのかといったら、大衆が嫌々ながら当番で、仕方がないからやるのがいい。ボタンを五つぐらい押せばだいたい政治ができるようになる。だれにでもできるものだから、大衆があんなくだらんことはだれもしたくないんだが、ボタンを五つ押せばすむんだから、それこそ一年交代で一人ずつ当番でやろうじゃないですかということになる。結局ぼくの理解の仕方では、それが最終的な政治の理想のイメージになるような気がするのですよ。

吉本隆明は、いつの日か、「ボタンを五つぐらい押せばだいたい政治ができるようになる」と考えている。当然、それは「国家貫通」の原理が実現した時だろう。マルクス主義でいえば、その正統的継承者であるレーニンが『国家と革命』で述べているように、自由で平等な共産主義社会が実現した時であり、そこでは国家は不要になるからゆっくりと眠り込み、ついには死滅する。確かに、政治はボタン五つぐらい押せばできるようになっているだろう。

それはまた大衆の時代、素人の時代の完成である。吉本隆明には『論士歴問』と同時期にやはり同じような対談集『素人の時代』（角川書店、一九八三）がある。これも私は書名を誤解して、迫り来る素人の時代の危険性を予言した本かと思って読んだ。対談相手は、大西巨人、大庭みな子、小川国夫、沢木耕太郎、島尾敏雄など、素人離れしたプロの作家、というよりプロの作家そのものだったからである。しかし、これは二重に誤解であった。大西を相手にした第一対談は「素人の時代」と題されてはいたが、二年前に行なわれた「〝大小説〟の条件」を受けたもので、とりたてて素人の時代を論じたものではなかった。その他の対談者ともごく普通に文学論を戦わせていただけであった。ただ、書名だけが吉本思想の雰囲気を伝えていたのである。

それはさておき、吉本隆明が言うような「政治の理想のイメージ」である大衆の時代、素人の時代が完成したら、どうなるか。

例えば、医療。「国家貫通」の原理が実現したら、医者という、大衆にあらざる知識人も死滅するのか。大衆がボタン五つ押せば病気は治るのか。自由、平等を高らかに謳ったフランス革命は、当初、あらゆる差別的特権を廃止した。当然、医者の免許制度という差別も打倒され、誰もが自由に平等に医者になれるようになった。その結果、素人医者が続出し、これに〝盛り殺される〟人もまた続出した。フランス革命による死者の中には、こうした被害者の数も無視できない。ルネ・セディヨが『フランス革命の代償』（草思社、一九九一、原書一九八七）で挙げている事例である。これは十八世紀の話だから、それから数百年後の未来では、医療技術も飛躍的に発達しているだろう。そうすれば、大衆がボタン五つ押して病気が治る時代になっているかもしれない。しかし、それなら、その医療行政は政治のコントロール下にはないのか。医療過誤補償も大衆がボタン五つ押して決めるのだろうか。医療過誤の判断は、専門家の間でさえ難しい。それなのに大衆だけには、それが過誤であるかないか、なぜ分かるのだろう。イカサマ医学、インチキ薬品の防止はどうするのだろう。何がイカサマ医学か、インチキ薬品かを大衆がボタン五つ押して決めるのだろうか。

古典研究はどうか。崩し字で書かれた黄表紙を読むゼミに知識人である教授は不要になり、大衆がボタン五つ押せば、江戸文学の講義は成り立つのか。カントの『純粋理性批判』のドイツ語原書講読も、大衆がボタン五つ押せば、学生たちはカント哲学を理解できるようになるのか。

私は、医学にも江戸文学にもカント哲学にも「さりげなく、小さい」素人だが、そうだからこそだろうか、そんな風にうまく行くとは思えない。そもそも、その成否を論じる前に、「国家貫通」の原理の実現自体が「たら」「れば」の話である。

どうやら、吉本隆明という人は平易に話し出すと、あまりにもくだらないことを言っていることがむきだしになる。逆に言えば、常人には理解困難な文章でのみ「戦後最大の思想家」たりえているのである。

『論士歴問』では、こんなことも言っている。

戦争なんかの場合でも、大衆の罪責は免除される。なぜ、そう考えるかということについては、自分の中にあとからつくった論理みたいなものがあるのですが、論理の以前に、完全に疑問の余地なく大衆には責任がいかないように全部免除されているような気がするのです。

何かが降りてきたか、何かが憑いたんじゃないかと思えるような発言だが、実はこれは民主主義の本質論である。吉本隆明は日本国憲法を否定してきた。しかし、その第十五条第四項には、こうある。

選挙人は、その選択に関し公的にも私的にも責任を問はれない。

選挙人、すなわち有権者たる国民大衆は、どんな選択をしようと「罪責は免除され」「完全に疑問の余地なく」責任は「全部免除されてる」のである。

この憲法の規定は、直接的には無記名投票の保障を意味するが、その背後には、民主主義は本質的に「大衆無答責」であることが示されている。無記名投票という方式自体、あえて責任の所在を明らかにしないことを認めているのである。吉本隆明の思想はこの大衆無答責を究極の形で表わしている。吉本は民主主義原理主義者なのである。吉本が「市民民主主義」を批判するのは、それが修正主義だからである。

大衆無答責、大衆不可侵、それ故に、知識人の大衆への啓蒙の否定。それを認めるとして、しかし、吉本隆明は『「反核」異論』を、反核運動に集まる「数十万人」の大衆を啓蒙するために書いた。また、死去直前の「「反原発」で猿になる！」も、反原発運動に集まる数万人の大衆を啓蒙するための発言である。吉本に限って啓蒙という大衆への侵襲が許されている。これはどういうことだろうか。これは矛盾していないだろうか。

矛盾していない。ここには「吉本大衆神学」が成立しているからである。

キリスト教には教理を守るための〝学問〟がある。神学である。これは、全知全能絶対不可侵の神が存在するという公理を基に成立している。この公理は証明不可能である。それでもかまわない。なぜならば、全知全能の神に関する事柄を、不完全な人間の知恵で証明することは不可能だからである。ともかくも公理として神は存在する。

しかし、聖書を読んでみても、神についての記述は相矛盾するし、神がどのようなものであるかもはっきりしない。神自身もその答えを出そうとしない。少なくともこの二千年間は、神は一度も人間の前に姿も現さず、直接語りかけることもなかった。そのために、何が神の御心《みこころ》であり、何が神の御業《みわざ》であり、何が神の御言葉《みことば》であるか、誰かが決めなければならない。それはローマ法王庁である。これに対して、あれこれ勝手な解釈で神の御心や御業や御言葉を決めようとする知識人がいるが、これは神を侮辱し、その不可侵性を侵襲するサタンの手先である。

これがキリスト教の神学である。吉本隆明の大衆論と酷似した構造を持つことが分かるだろう。

吉本隆明は言う。

大衆はすばらしい。その理由は証明できない。それは公理だからである。大衆の本当の姿がどのようなものであるのか、はっきりしないし、その姿は相互に矛盾する。こういったことについて、大衆自身は一度も語ったことはなく、誰かが決めなければならない。それは知識人ではない。知識人は大衆を懐疑し侮辱し、大衆の不可侵性を侵襲するサタンである。ただ吉本隆明のみ、インテリゲンチャにあらざるが故に、大衆についての解釈を許されている。

これが吉本大衆神学である。

常人には理解できない文章が、ありがたく、もったいない言葉で綴られていることも、キリスト教神学と吉本大衆神学に共通している。そこが神秘的でいいと善男善女が頭を垂れることも、また共通している。

吉本大衆神学の基本構造は、以上の通りである。

では、この吉本大衆神学が一九六〇年頃から一九八〇年代まで、なぜ左翼的な知識人、学生を魅了したのか。それは、彼らの思考が民主主義の枠を超えていなかったからである。むしろ、民主主義を原理主義的に考えていたからである。六〇年安保闘争を主導した共産主義者同盟には「迷ったら左へ跳べ」という〝格言〟があったという。左、すなわち原理主義思考である。

吉本隆明への批判で根元的なものは何十年もずっと出ていなかった。むろん、日本共産党などからは、吉本はトロツキストであり、左翼日和見主義者である、という批判はあったが、既述の通り、左翼日和見主義という言葉は、自分たちが修正主義者であることを糊塗するために発案された政治的な用語である。そして、現実主義者である社会人、すなわち序章で述べたような教養ある実務人は、吉本大衆神学を奉ずる学生たちを優しい憫笑をもって無視していたのである。

一九八〇年代から、吉本大衆神学は力を失ってきた。一つには、原理より実務の時代になりつつあったからであり、もう一つには社会主義の崩壊が始まりかけていたからである。これが思想史、文明論の上で、どんな問題を生じさせたかは、第六章で考えることにしよう。

(3)「自立」の大衆文化論

吉本隆明は、マンガやテレビなど大衆文化（ポピュラーカルチャー、マスカルチャー）についても時々発言している。『吉本隆明全マンガ論』（小学館、二〇〇九）という著作もある。私もマンガについては学生時代から評論をしてきたし、現在は日本マンガ学会に所属して理事や会長も務めてきた。ここで大衆論の一環としてマンガなど大衆文化について考えてみたい。

『吉本隆明全マンガ論』は、本格的なマンガ研究、マンガ評論というよりも、折に触れて書かれたマンガについてのエッセイ集成のようなもので、量的にも全体の半分が萩尾望都やりんたろうなどとの対談に割かれている。吉本の「自認」する通りの「素人」の著作であり、突っ込んだ検討をしてもあまり意味はない。しかし、吉本の思想がよく現れたところもある。

一九九二年『磯野家の謎』(飛鳥新社)がベストセラーになった。長谷川町子の『サザエさん』を素材に、サザエさん一家、すなわち磯野家の家族構成や家族史をあれこれ細かく推測した本である。これを機に「謎本」ブームが起き、類似の本がいくつも書店に並んだ。『吉本隆明全マンガ論』には「『サザエさん』の解読」としてこの本について考察した一章が収められている。その本論については特に批評するほどのことはない。吉本は結論部で「「まじめ冗談」または「冗談まじめ」の切なさとつまらなさ」と言っているが、その通りであり、もともと『磯野家の謎』はそういう本なのである。

ただ、その初めのほうで、こんなことも言っている。

この本の編者たちが「東京サザエさん学会」と名告《なの》っているように、マンガ作品から事実関係を綜合して確かめているというかぎりでは、まじめくさって『サザエさん』マンガを読み、ただ読んだだけでなく、六十巻以上の作品を調べたわけだ。一面ではこんな本をつくったということが、世も末だという気がする。また他の一面では学問とか学会とかいうとアカデミックな主題を高級めかして調べたり研究したりするものだという学者の常識や、学問をそうおもい込んでいる一般大衆の常識に、一矢をむくいているという意味で、結構なことだともいえる。

だがわたしが好きで調べたことのある詩人宮沢賢治のことでいえば、やはり宮沢賢治学会などというのを大学教師と賢治ファンがこしらえている。そして悪質に作用すると垣根をつくって囲ってしまっている。宮沢賢治がいちばん嫌ったのは大学教師や取巻きだったのに、賢治学会などができたのは、世も末だとおもえる。だが一面ではこの世も末たちが、賢治作品の緻密な校訂や考証をやってくれているというわけだ。


吉本隆明のアカデミズムへの嫌悪や反感がよく現れている。なぜ吉本がアカデミズムを嫌悪し反感を抱いたのかは、それが「垣根をつくって囲ってしまう」制度だからであり、要するに、大衆を排除しているからである。そういうアカデミズムに一矢報いるように「東京サザエさん学会」という冗談の学会を作るのは「世も末」ではあるが「結構なこと」でもある。こういう二面性は、やや形を変えて、宮沢賢治学会にも観察できる。

こんな論旨である。

「東京サザエさん学会」には大学教授も加わっているとはいえ、吉本隆明が指摘するまでもなく、誰が見ても冗談学会である。『磯野家の謎』刊行以後も学会活動が継続しているという話は聞かない。この本を出すためだけに一時的に作られた冗談の学会である。しかし、宮沢賢治学会は、歴《れっき》とした学会であろう。そうであれば、会則に従って手続きを踏めば誰でも入会できるはずである。会員には、当然大学教授もいるだろうし、取り巻きもいるだろうが、秘密組織ではない以上、囲い込むの排除するのということはない。仮に、囲い込む雰囲気が強く、それが嫌だというのなら、退会するのも自由だろうし、これとは別に宮沢賢治文学学会でも結成すればいいのである。どう考えても、吉本に皮肉や嫌みを言われなければならない理由があるとは思えない。

そう考えると、吉本隆明のこの発言の裏には、一種の衒った在野主義、大衆特権主義とでも名付けられる屈折した心理が感じられる。

こうした大衆特権主義による批判は、日本マンガ学会設立時にもよく耳にした。マンガを学者が独占するなとか、マンガが学問になっちゃおしまいだとかいう批判である。しかし、学会はどんなものであれ、研究者の意見交換、情報共有を第一とするもので、囲い込みがあるわけでもなく囲い込みができるわけでもない。日本結核学会が結核を独占するはずもなく、結核が学問になっちゃおしまいだという批判も聞いたことはない。日本外交学会が外交を独占できるはずもなく、外交が学問になっちゃおしまいだという批判も上がったことはない。それなのに、マンガのような大衆文化に限って、こういう批判が出てくることは、大衆文化が大衆社会において逆立ちした一種の特権と化していることの現れである。

私は自分自身を、吉本隆明とは違って、知識人の端くれであり、インテリの端くれであると認識している。知識、言説を商品として売り、またその知識、言説にベクトルがあるからである。ただ、私の知識、言説は商品としての流通力も弱く、ベクトルもさほど強くはない。そこが端くれたるゆえんである。しかし、社会存在としての類型は知識人、インテリである。

そうでありながら、大衆文化を源とするマンガを愛読し、マンガの評論もやってきた。それは、マンガが面白かったからである。知識人である自分にとって知的好奇心をかき立てられたからである。しかし、大衆の中にこそ真の文化があると思ったわけでもないし、大衆文化のエネルギーによって知識人世界に一矢報いてやろうと思ったわけでもない。私はこうしたねじまがった知識人論、「酸っぱい葡萄」（サワー・グレイプス）の大衆論を採らない。

儒教では、君子たるもの「稗史《はいし》小説」など読むものではないとされてきた。

「君子」というのは「君」が入っていることからも分かるように、外形的には「社会の指導者」という意味であり、内容的には「教養人」という意味でもあり、「理想主義者」という意味でもある。つまり、教養を身につけ、それが理想というベクトルを帯びている者は、社会の指導者にふさわしい、という含意である。「君子」の反対概念は「小人」であり、これは、無教養、無理想の大衆である。「君子と小人」が「知識人と大衆」とほぼ相似関係にあることが分かるだろう。ほぼと言うのは、時代によって当然ながら歴史的な位相（phase 見え方）が変わってくるからである。

かかる君子は理想を実現し、社会を指導するために、教養として史書を読み詩文を作らなければならない。一方、小人が好むものは「稗《ひえ》のように細々《こまごま》とした記述を集めた小さな説」である。こんなものは君子にとって読む値打ちすらないとされた。

論語・述而篇には「子《し》は怪《かい》・力《りょく》・乱《らん》・神《しん》を語らず」とある。孔子は、怪異なこと、暴力的なこと、乱れたこと、神秘的なことは語らなかった、というのである。それ故、君子は怪力乱神に満ちた稗史小説を退けた。怪力乱神に満ちた稗史小説とは、大衆小説であり、現代で言えばマンガである。

しかし、社会の指導者を自任する者が本当に教養があり、本当に理想主義者であるとは限らない。「野《や》に遺《い》賢《けん》ある」こと、しばしばである。「賢者」とは、英語の wise man が単に知能の高い人ではなく人格的にも優れた人を意味するように、「立派な人物」のことである。そういう賢者が、指導者層にではなく野《や》にいることがある。これが「遺賢」である。吉本隆明は、中野重治の『村の家』に描かれた孫蔵を「大衆の原像」としたが、これを論じたところで述べたように、孫蔵は野の遺賢、立派な人物だろう。

遺賢と同じように、形骸化した教養、名目だけになった理想にはない、真実の人間が稗史小説に描かれていると考える知識人も現れる。清朝前期の蒲松齢《ほしようれい》はこうして『聊斎志異《りようさいしい》』を著わした。清朝中期の袁枚《えんばい》は「子《し》が語らないこと」を敢えて語る『子《し》不語《ふご》』を著わした。『聊斎志異』『子不語』は怪異や神秘を集めた志怪《しかい》小説の代表である。蒲松齢も袁枚も、怪力乱神を囲い込んだわけではないし独占したわけでもない。怪力乱神が知識人によって志怪小説になっちゃおしまいだよという批判があったわけでもない。

私のマンガに対する関心は、これと同じである。マンガはもったいぶった文学より実際に面白い。形骸化していながらそれに気づいていない文学者より、苛烈な市場原理を利用したり、その裏をかいたりして我意を通すマンガ家が面白い。そのことを多くの人に伝え、その意味を考えたい。これが端くれとはいえ知識人としての私の役割である。

それは、単なる消費者、単なる享受者としてマンガを読んでいる大衆が意識しない見方を提示することである。「さりげなく小さい素人」の考えであるはずがない。そのためには大衆から自立する拠点が必要になるだろう。

私は吉本隆明とは正反対の立場から「自立の思想的拠点」を探り続けてきたのである。

第四章
『言語にとって美とはなにか』

1 プロレタリア文学の死亡宣告と文学の一般理論

吉本隆明の著作の中で大著と言えるものは『言語にとって美とはなにか』と『共同幻想論』の二著である。ともに、一著一主題で完結し、体系性と網羅性を備えている。量的にも、前者が単行本上下二巻で約六百ページ、後者はこれには及ばないものの、単行本一巻で約二百五十ページである。ここからは、この二著を順に検討していこう。

まず、本章では『言語にとって美とはなにか』(勁草書房、一九六五)を論じよう。この書名はいささか長いために引用がわずらわしく『言語美』という略称が定着している。本書でもこれに倣うことにする。

この『言語美』は、一九六一年から一九六五年まで吉本隆明が主宰する同人誌「試行」に連載され、加筆修正の上、第一巻が一九六五年春に、第二巻が同年秋に刊行された。私がこれを読んだのは、単行本刊行から一年ほど後の一九六六年、大学二年生のことであった。通読してみると、例によって理解困難な言葉が多く構文も錯綜しており、文意はたどりにくかったが、それでも、吉本の執筆動機というものが一応は分かった。吉本は彼のいわゆる「俗流マルクス主義者」の文学理論を全面批判し、これを覆そうとしていたのである。簡単に言えば、文学と政治という問題の解決を図ろうとしたのであり、政治からの干渉のない独立した文学一般理論の確立を目指したのである。しかし、その裏には、さらに言語学と国際主義の問題が横たわっていたことを、ずいぶん後になって知った。ともあれ、吉本の『言語美』にかける意気込みと自負心はすさまじかった。

それは「序」に次のように語られている。

わたしを文学的に、政策的に非難してきた連中は、本稿の出現によって文学理論的に〈死〉ぬことは確かである。歴史の審判を、その程度には、わたしも信じている。

この『言語美』の出現によって、文学上の論敵も、政治上の論敵も、文学理論的に死に至るだろう、という勝利の予告である。「死」は、漢語も和語もシ音が共通するが、これは偶然にすぎない。「死」の動詞は、漢語なら複合語サ変の「死・する」、和語なら分割不能のナ行五段の「死ぬ」であり、「〈死〉する」と表記することはありえても、「〈死〉ぬ」という表記はありえない。山括弧の乱用癖が奇妙な表記を招いている。詩人であり評論家でもある人物が「言語にとって美とはなにか」を考察した本の冒頭部の文章として、いかがなものかと思うけれど、〝信者〟にとってはこれも魅力なのだろう。

それはさておき、誇らかな言葉は、「あとがき」にも次のように出ている。

〔「試行」に『言語美』を連載している〕その間、わたしの心は沈黙の言葉で〈勝利だよ、勝利だよ〉とつぶやきつづけていたとおもう。

自信と高揚感に満ちあふれている。執筆しながら自分が勝利しつつあることを確信していたというのだ。

吉本隆明は、いったい、何を相手にこんなにも戦闘意欲をたぎらせたのか。序章の初めの部分でこう言う。

わたしは数年のあいだやってきたプロレタリア文学運動と理論を批判的に検討する仕事に、じぶんで見切りをつけていた。そこで生みだされた少数の作品をのぞいては、この対象から摂取するものがなく、批判的にとりあげることが、いわば対象的に不毛なことに気づきはじめたのである。もうじぶんの手で文学の理論、とりわけ表現の理論をつくりだすほかに道はないとおもった。プロレタリア文学運動とその理論の検討という課題は、わたしにとってたんに文学の問題だけではなく、思想上のすべての重量がこめられていた。

プロレタリア文学の理論とは、ほんの少し後に吉本隆明が簡潔に要約しているように、「典型的な情勢における典型的なキャラクターを描く」リアリズム論と「人民を革命的に教育する」政策論とを二本の足とする「社会主義リアリズム論」を核とするものである。一九六〇年前後の吉本隆明にとって、その不毛な理論に代わる文学理論を作り出すことが選択の余地のない課題だった。そして、それは単に文学だけでなく思想全体に関わる重要な問題だった、というのである。

確かに、よく検討してみると、プロレタリア文学の理論は一時的な流行の文学理論のように見えながら、実はかなり重大な思想的テーマにもつながっている。吉本隆明が本気でその打倒を試みたことは評価してよいだろう。次節で詳しく見るが、吉本は、プロレタリア文学の不毛な理論に代わる文学理論を確立すべく、言語論、文法論に依拠して、言語にとって美とは何かを探ることを始めた。それが吉本の選んだ方法である。しかし、思想史あるいは文学表現史の立場からのプロレタリア文学批判は既になされていた。吉本がなぜかそれには言及していないだけである。

そのあたりも視野に入れるために、『言語美』「序」の終わりの部分の吉本隆明のこんな言葉も引用しておこう。ここにも、プロレタリア文学の理論に代わるものをうちたてんとする意気込みが感じられる。

現在この社会に階級の対立があり疎外があるかぎり、ペンをもって現実にいどもうという文学者の倒錯した心情もしりぞけるわけにはいかない。ただし、いずれのばあいも人が頭のなかになにをえがこうとたれにもおしとどめることはできないという意味からであり、どんな普遍性としてでもない。こういう個体の理論〔個々の文学者が主張する文学上の理論〕はどんな巨匠の体験をもってしても、どんな政治的な強制をもってしても、文学の理論として一般化することがゆるされないだけである。

わたしが文学について理論めいたことを語るとすれば巨匠のように語るか、あるいは普遍的に語る以外にないことをプロレタリア文学理論を検討する不毛な日々の果てが体験的におしえた。わたしはまだ若く巨匠のように語ることができない。そうだとすれば後者のみちをえらぶよりほかにないのである。

毎度のことながら一読しただけでは意味がたどりにくい文章だが、大意は次の通りである。

社会に経済的・政治的な対立がある限り、プロレタリア文学者のように、ペンで現実と戦おうという、実際に可能かどうか分からない心情を抱くことも、排斥はできない。ただし、それは誰がどんな考えを持とうと自由だという意味であって、それが普遍性を持つからではない。プロレタリア文学理論も個々の文学者の主義に過ぎない。その文学者が経験豊かな巨匠だからといって、また緊迫した政治的情勢があるからといって、文学の一般理論とすることは許されない。私、吉本隆明が文学理論を語るとすれば、巨匠として語るなら説得力もあろうが、巨匠ではない以上、普遍的な文学理論を作り出すより道はないのである。

いちいち日本語を日本語に翻訳するのも面倒だし、翻訳によってありがたみも薄れるが、論旨はずいぶんと分かりやすくなっただろう。

ここで、吉本隆明は、文学者の一つの主義としてならプロレタリア文学論もありうるが、それを文学一般の理論とすることを批判している。しかし、プロレタリア文学理論は、古典主義とか、ロマン主義とか、超現実主義とかの、文学者が個々それぞれに持つ文学上の理論の一つとして、それらと同列に並べてよいのだろうか。もしそうなら、吉本自身、その検討が「たんに文学の問題だけではなく、思想上のすべての重量がこめられていた」とまでは言わないはずである。プロレタリア文学論には、同じように文学上の主義であっても、古典主義だのロマン主義だのとは異質な何かがある。

こんな例を考えてみよう。

石川達三（一九〇五～一九八五）は、昭和戦前期から戦後も三十年以上活躍した社会派文学者である。一九三五（昭和十）年、ブラジル移民の悲惨な現実を描いた『蒼《そう》氓《ぼう》』で第一回芥川賞を受賞し、一九三八年には『生きている兵隊』で戦争の苛酷さを描いて軍部の怒りを買い、新聞紙法違反で起訴されている。戦後も『人間の壁』『金環蝕』など、一貫して社会問題を小説にしてきた。石川は「階級対立や疎外」という現実に「ペンをもっていどもうという文学者」である。小説技法もリアリズムであり、読者を革命的にではなくとも、革新的ぐらいには教育しようとする意図はあっただろう。革新的にとどまったのは限界だったにしろ、石川には、取材力、構成力があり、社会的影響も抜群であることを考慮すれば、へっぽこなプロレタリア文学者より数倍はプロレタリア文学者である。少なくとも〝名誉プロレタリア文学者〟扱いされてもいいはずである。しかし、石川自身もそんなことは望まず、また、ほかの誰も石川をプロレタリア文学者だとはしない。

それでは、石川達三文学とプロレタリア文学を分かつものは何か。プロレタリア文学は、単に文学にはとどまらぬ大きな思想の一部を成している。「思想上のすべての重量」を構成する一部としての文学である。石川には、幸か不幸か、そんなものはない。

プロレタリア文学は、究極の真理（とされるもの）から演繹された文学である。それ故に、思想総体の重量の一部を担うことになる。人類は、科学的に証明された発展法則（唯物史観）によって進歩し、最終的には自由で平等な共産主義社会に至る。世界、歴史、人間社会を説明し尽くすこの真理に適《かな》うものが正しい文学であり、しからざるものは邪悪な文学である。プロレタリア文学とは、この正しい文学である。プロレタリア文学論では、そう考える。

この思想総体は一種の公理系を成し、その意味で合理的である。公理である証明不可能な真理から下位の規範群が論理的に導き出されているからである。これはマルクス主義に相似するキリスト教もそうであるし、マルクス主義を準備したヘーゲルの思想体系もそうである。

東洋においてこれに相似するのは朱子学である。そこでは、理気論という世界認識から、社会のありようも人間のありようも芸術のありようも合理的に演繹される。しかし、この朱子学の合理主義はやがて亀裂を見せる。倫理、政治、芸術は、それぞれ別の論理で貫かれているのではないか。そうでなければ、「正しい」者が「負ける」ことはおかしいし、「邪《よこしま》な」者が作った「美しい」音楽があることはおかしい。朱子学は日本に渡来し、江戸時代には官学のように扱われることになった。しかし、誰よりもよく朱子学を学んだ荻生徂徠は、それ故にこそ、朱子学の合理主義に亀裂を見出した。これは、倫理からの政治の分離であり、倫理からの芸術の分離であり、近代思想を準備するものであった。

というのが、丸山眞男(一九一四~一九九六)の『日本政治思想史研究』(東京大学出版会、一九五二)の骨子である。

これはまだ二十代だった丸山眞男が戦前に執筆した論文を戦後まとめたものである。朱子学や徂徠学の見慣れない用語に満ちており、吉本隆明の難解さとは違う意味で難解な書物である。そのため、丸山の市民派啓蒙主義的傾向に魅かれ、そういった時評風の著作を愛読する人には読まれざる名著である。吉本は、丸山の市民派啓蒙主義的傾向を、こちらは嫌悪しているので、あまり重要視しないようである。しかし、丸山の言う、朱子学の合理主義的世界観の崩壊という着眼は、朱子学に相似するマルクス主義体系の崩壊も予見するものであり、そうであれば十分にプロレタリア文学批判を可能にするはずだろう。

徂徠から時代は飛んで、劇作家であり評論家でもある福田恆存《つねあり》（一九一二～一九九四）には「一匹と九十九匹と」（一九四七）という文学論エッセイがある。聖書ルカ伝の中のイエスの言葉を引いて、政治は九十九匹の羊のためにあり、宗教は、そして文学は、その群れから迷い出た一匹のためにある、とする。これまた、プロレタリア文学論や朱子学に現れた合理主義的思考に異を唱えるものであり、論理展開と譬喩の卓抜さで今なお第一級の文学論である。

福田恆存から少し時代を戻し、プロレタリア文学が勃興した昭和初めごろ、これは坪内逍遥が『小説神髄』で否定した勧善懲悪文学への退行だとする批判もあった。逍遥は『小説神髄』で、曲亭馬琴の『南総里見八犬伝』に代表される旧来の勧善懲悪文学を否定した。これが日本における近代文学理論の嚆矢であるが、プロレタリア文学は勧善懲悪文学への退行ではないかというのである。その通りである。その通りではあるが、しかし、勧善懲悪文学はそんなに悪いだろうか。勧善懲悪文学には、何か普遍的な、時代を超えた原初的とでも言える魅力がある。逍遥自身、若い頃愛読した『八犬伝』に否定し切れぬ魅力を感じていた。プロレタリア文学は、近代小説がなおざりにしてきた勧善懲悪文学の復権として評価してよいのかもしれない。

吉本隆明は、前引の序章で「プロレタリア文学は少数の作品をのぞいては摂取するものがない」と言っていた。この少数の作品が何を指すか、明らかではないが、少数の作品からは摂取すべきものがあるという点は、私も同意したい。ただ、それはたぶん吉本の思っている作品と正反対の作品である。

私は学生時代、木村良夫という正体履歴いっさい不明の人物が書いた「嵐に抗して」というプロレタリア文学の怪作短篇を読んで、ちょっとした衝撃を受けた。特高警察と党内に潜む裏切り者への憎悪だけがむきだしになったアジビラ以下の小説で、いわゆる文学的香気などというものはどこにもない。しかし、これが奇妙に感動的なのである。また、プロレタリア文学の代表作の一つ葉山嘉樹《よしき》『セメント樽の中の手紙』を読んだ時も、おそらく葉山の意図したものとは違う不思議な感動を覚えた。この小説はセメント工場の労働者の悲劇を描いたものだが、その労働者に感情移入し、資本家への怒りを覚えるというより、土俗的で頽廃的な耽美感を見たのである。後に、ホラー作家の岩井志麻子が「マイベストミステリー」というアンソロジーにこれを入れていることを知り、同じことを感じた人がいるのだなと思った。

こういった私のプロレタリア文学評価は、マンガ愛好にもつながっている。マンガに描かれたあからさまな勧善懲悪が意外にも面白く、土俗的な頽廃がかえって新鮮であった。一九六〇年代末、全共闘の学生たちが梶原一騎原作の熱血マンガに魅了されたのも、同じことである。プロレタリア文学の要である「典型的な情勢における典型的なキャラクター設定」はマンガ作劇法の有力な一つであるし、「人民を革命的に教育する」ことは「民衆を通俗的な人生論で鼓舞する」ことにも通じている。しかし、それはプロレタリア文学論の肯定ではない。プロレタリア文学がそのようにマンガに相似するならば、日本共産党やその同調者が躍起になってきた俗悪マンガ退治もその根拠がゆらぐだろう。プロレタリア文学作品の魅力を再評価することは、かえってプロレタリア文学論の否定を導く契機（moment）となるのである。

しかし、吉本隆明は、こういった道をたどることなく、言語論的考察という方法を採ってプロレタリア文学論否定を宣言したのである。

『言語美』の「言語の属性」で言語表現における像を論じたところで、こう言う。

現在まで流布されている文学理論が、いちように〈文学〉とか〈芸術〉とか以上に、その構造に入ろうとはせず、芸術と実生活とか、政治と文学とか、芸術と疎外とかいいいならわせば、すんだつもりになるのは、表出という概念が固有の意識性に還元される面と、生成（produzieren）を経て表現そのものにしか還元されない面とを考察しえなかったがためである。俗流〈マルクス〉主義者によって提起されている〈マルクス〉主義芸術理論などというものが、ルカーチやルフェーブルや、初期マルクスの〈疎外〉概念を誤解したそのわが国での亜流によってどれだけ流布されてもその域を脱することはできないのである。

翻訳はやめておくが、吉本隆明が、プロレタリア文学論に死を宣告すべく、あくまでもマルクス主義、ただし吉本の言う真正マルクス主義の枠内で文学の一般理論を確立しようとして、言語構造に目を向けたことがよく分かる一節である。

2　言語客体と言語主体

前節では『言語にとって美とはなにか』に関する吉本隆明の執筆動機や意気込みを中心に論じた。もう一度それに触れることもあるだろうが、ひとまずこれまでとして、本節では『言語美』の本論を検討しよう。

『言語美』の骨子は、大づかみに言えば、言語行為の客体面・主体面を縦糸にして、言語の構造を、ひいては文学の構造を論じたものである。吉本がこの本で考案した用語を使えば「指示表出」と「自己表出」で言語の構造を論じ、これによって文学の一般理論に至った、ということになる。しかし、議論の系統的な前段階を知らずに『言語美』を読むと、概要がよくつかめず、吉本特有の文体と相俟って、難解さがいや増すだろう。一九七〇年以後の吉本読者は、この前段階の議論を体験的に知らない。私は一九六五年に大学に入学したため、五年ほどの時間差で、この議論を知っており、比較的容易に理解できた。それでも、前節で少し触れたように、もっと前の段階の議論をひきずっていることを知ったのは、ずいぶん後になってからであった。

吉本隆明自身も、前段階の議論に文中で何度も言及している。「言語の本質」の章の品詞を論じた箇所で、端的に次のように述べている。

言語の本質は〔指示表出と自己表出という〕このふたつの面をもっている。（略）時枝誠記が『国語学原論』において詞・辞として分類し、三浦つとむが『日本語はどういう言語か』で、客体的表現と主体的表現として大別したものは、これに関連している。

吉本隆明が言語の表現構造を区分した「指示表出・自己表出」は、先行研究を受けたものであり、その系統に属するというのだ。分かりやすくまとめると、次のようになる。

時枝誠記《ときえだもとき》　：詞　　　　辞
三浦つとむ：客体的表現　主体的表現
吉本隆明　：指示表出　　自己表出

詳しい説明はすぐ後でするとして、この系統を体験的に理解できるのは、私が最後

の時系列が「三浦―吉本」となっていたのである。

その三浦つとむはどのような人物だったのか。

三浦つとむ（一九一一～一九八九）は、独学、在野のマルクス主義哲学者である。一九五一年にスターリンに批判的な論文を発表して除名されるまでは、日本共産党員であった。しかし、このことに象徴されるように、極めて自由な思考方法の持ち主で、探偵小説や映画を愛し、それを著作中に自在に引用した。生活はガリ版切りで十分やっていけると豪語する独立不羈《ふき》の人柄も好ましかった。ガリ版とは、一九九〇年代まで使われた簡易印刷機で、学生運動や労働運動のビラのほか、学校のプリント、チラシ広告、映画やテレビの脚本まで、用途は広かった。三浦はその原版切りの技術に優れていたのである。

独学、独立。三浦つとむは、まさに自立思想家である。吉本隆明も三浦に好感を持っていたらしく「試行」にも何度か執筆依頼している。もっとも、吉本の言う「自立思想」とは、大衆が知識人から自立する思想のことである。三浦は、学者世界から自立した知識人ではあるが、知識人から自立した大衆だったわけではない。とはいえ、自立つながりで、吉本は親しみを感じていたようだ。

私が大学に入学した頃、マウンティング好きの先輩たちに三浦つとむを愛読している人がかなり多かった。それから何年か経ち一九七〇年代前半にもなると三浦は次第に読まれなくなったが、一九六〇年代半ばには三浦の『芸術とはどういうものか』(至誠堂、一九六五)、『日本語はどういう言語か』(講談社、一九五六)が書店の棚によく見られた。私は、マウンティング防衛上、この二書を読んでみた。ともに新書判であることも、手に取りやすかった。

この三浦つとむの二書は、譬喩も豊富、構文も平易で読みやすく、吉本隆明に代表される難解な本に較べ、読んでいてそれなりに納得がいった。『芸術とは…』には、科学と芸術を区別し、科学は認識を本質とし、芸術は表現を本質とする、と述べられていた。

私がこの本を読んだのは、マウンティング防衛上ではあったが、芸術(文学、絵画、音楽、映画などの総称として)の本質への関心があったからでもある。私は中学時代、ドストエフスキーを読んで強い感銘を受けた。中学生の感銘だから大したものではなかったが、とにかく途方もない文学があるのだということだけは分かった。しかし、その途方もない文学が作者の祖国ソ連では歓迎されず、とりわけ『悪霊』は禁書扱いされている。しかも、ソ連では人間性解放の共産主義を国是としながら、政治犯収容

のである。

所を国中に作って人間性を冒瀆している。こうしたことへの疑問が私の中にはあった

『芸術とは…』では、芸術は表現を本質とするが故に科学とは別個独立の行為である

と述べられており、一応の納得ができた。しかし、突っ込んで考えてみると、表現が

認識とは別の行為だからといって「人間性解放」という至高の真理に敵対していいと

いうことにはならない。表現が真理を否定している場合、それを真理が認めるという

のも矛盾である。真理に反するということになれば、どっちみちドストエフスキーは

禁書となり、『悪霊』愛読者は収容所にぶち込まれてしまうだろう。私は、もっと深

く考えなければならないと思った。

とはいえ、表現と認識を区別するという方法は興味深かった。それぞれ、主体と客

体の方向が次のように反対なのである。

科学（認識）では客体→主体

芸術（表現）では主体→客体

かなり後に、カントから新カント派、さらに現象学に至る科学論を知り、三浦つと

むのこの考え方はヘーゲル・マルクス的な哲学の範囲内にあると分かるが、それはまた別に考えなければならない課題である。ともかく、三浦の芸術観では、芸術とは、描かれた客体より、描く主体中心の行為であることが強調されている点が重要であった。三浦もまた、ソ連共産党や日本共産党公認の社会主義リアリズムの「情勢を客観的に認識し客観的なキャラクターを描く」というプロレタリア芸術論の客観・客体中心主義に疑問を持っていたからである。

これが吉本隆明の『言語美』にもつながってゆく。

三浦つとむの二書のうちのもう一つ『日本語は…』では、言語行為を客体的と主体的の二つに区分していた。

これは、時枝誠記（一九〇〇～一九六七）の言語学（国語学）、また時枝が再発見した江戸期の国学者・儒学者である鈴木朖《あきら》の国文法研究の系譜につながり、三浦つとむ自身この二人に何度も言及している。時枝は、日本語の品詞を二つに大別し、その語に指し示す実体があるものを「詞」とし、その語に指し示す実体はないが言語行為の主体のありようを表わすものを「辞」とした。詞は、名詞、動詞、形容詞などであり、具体的に何かを表わしている。辞は、接続詞、間投詞、そして、助詞、助動詞であり、具体的な何かを表わしておらず、話し手のありようを表わしている。三浦はこの時枝言語学を受けて、日本語は、言語主体が言語客体を包み込むようにして成り立っている、とした。もちろん、このことは日本語だけに観察できるというわけではなく、言語一般について言えることである。

さて、ここまで、時枝誠記の言語学、三浦つとむの芸術・日本語の二著作を、大雑把に見てきた。その要点を改めてまとめてみれば、言語（その芸術形が文学）における主体行為機能の発見と強調ということに尽きる。時枝においては、それは純然たる学問的関心に基づくものであったが、三浦においては、それがマルクス主義芸術論の修正・再編成に資するものだと考えられていたらしい。こういう系統的な前段階を踏まえておくと、吉本隆明の『言語美』は圧倒的に理解しやすくなる。

『言語美』は、大部の著作ながら、そのほとんどが自説を論証するための文学作品からの引用で占められている。自説とは、第一に、言語の構造は指示表出と自己表出とから成り立っているということであり、第二に、通俗常識に反して、この二つのうち自己表出が重要であるということである。この二点が理解できれば『言語美』は吉本隆明文学思想の核として理解できたことになり、論証のための大量の引用は、そう言えばそうも言える用例として考えておけばよいということになる。

まず、第一の指示表出・自己表出から論じよう。

この吉本隆明の区分が、時枝誠記の詞・辞、三浦つとむの客体表現・主体表現より、一歩進めたところがあるとすれば、この二区分が言わば程度の違いとしてあるとしたところである。「言語の本質」の章の末尾で、吉本はこう言う。

〔指示表出・自己表出は、はっきりとした〕二分概念としてあるというよりも傾向性やアクセントとしてあるとかんがえることができる。

また、「言語の属性」の章の初めのほうでも、ほぼ同旨のことを言う。

言語の本質は、どのようなものであれ、自己表出と指示表出とをふくむものとかんがえる。

このことを吉本隆明は、Y軸を自己表出とし、X軸を指示表出とする座標軸で説明する。つまり、名詞だろうが、接続詞だろうが、助詞・助動詞だろうが、どの語もX・Yの合成値で表出性を表わすことができる、というわけである。時枝誠記も三浦つとむも、二区分をはっきりと分離できると言ったわけではないが、二区分が「不明瞭な境界しかもたない」ことを分かりやすく座標軸で説明したところが吉本は新しかった。

第二に、指示表出・自己表出の二区分のうち、実は自己表出が重要だとしたことである。そして、この第二の点こそ第一の点よりも『言語美』を強く特徴づけている。というのは、第一の点は、先行研究の継承発展形であるのに対し、第二の点は、吉本隆明独自の文学一般理論だからである。

吉本隆明は「言語の属性」の章で、清岡卓行《たかゆき》の「氷った焰《ほのお》」という詩を例として挙げ、「意味がわからない」ことを論じている。清岡のこの詩は、詩であるからには、いわゆる詩的表現が使われている。吉本はなぜか触れていないが、詩題の「氷った焰」からして、既にそうである。焰が氷るはずがなく、常識的には「意味がわからない」。しかし、詩的表現は、日常会話や科学論文で使われる説明的な散文表現とは違うことが多く、通常の言語感覚からはしばしば「意味がわからない」。これについて吉本はこう言う。

言語は、ここでは、指示表出語でさえ自己表出の機能でつかわれ、指示性をいわば無意識にまかせきっている。言語はただ自己表出としての緊迫性をもっているだけだ。

詩的言語では、客観的事物を表わす指示表出性の強い語も、その機能を失い、自己表出的に使われる、というのだ。まあ、詩的表現って本来そういうものなんじゃないのと、誰でも思うのだけれど、それを改めて詳論しているわけである。続いて、このことを時枝誠記の『国語学原論』からの次のような引用で補強している。現代仮名遣いに改めておく。

意味はその様な内容的な素材的なものではなくして、素材に対する言語主体の把握の仕方であると私は考える。言語は、写真が物をそのまま写す様に、素材をそのまま表現するのでなく、素材に対する言語主体の把握の仕方を表現する。（略）意味の本質は、実にこれら素材に対する把握の仕方即ち客体に対する主体の意味作用そのものでなければならないのである。

意味というものは、言語の客体にあるのではなく、言語の主体の作用だ、というのである。吉本隆明の用語で言えば、自己表出こそ意味の源泉だということになる。そうであれば、論文などとはちがい、説明的な記述が求められるわけではない文学作品において、言語が決定的役割を果たすのは自己表出という機能である。

『言語美』は、自己表出史として日本文学を振り返る試みであると言うこともできる。なぜならば、自己表出史は精神史でもあるからである。指示表出はただ物事や事柄を「そのまま表現」しているだけだからである。

「言語の本質」の章で、吉本隆明は国語学者大野晋《すすむ》の『日本語の起源』の古語と現代語の比較を引用する。それによれば、古語のままで現代語として通用しうる語は、動詞、形容詞、名詞に多く、現代語として通用しないほど変化した語は助詞、助動詞に多い。すなわち「自己表出語としての傾向のおおきいものが、おびただしい変化をうける傾向がある」。それは歴史の変化の中で「対象にたいする意識位相のちがいがよりおおくくわわるため」である。

自己表出こそ、作家精神の現れなのである。「表現転移論」の章では、島崎藤村の『破戒』と二葉亭四迷の『浮雲』を比較して、こう言う。

「破戒」は、表出の指示意識として文学史にあらたな意味をあたえた。しかし、自己表出の意識として〔それより古い〕明治二十年の「浮雲」をさえそれほど出るものではなかった。

『破戒』は、近代小説の中に初めて被差別部落出身の青年の苦悩がテーマとして描かれた作品である。一九七〇年頃には、その描き方に部落差別と戦う姿勢が不十分だという批判も出るのだが、今そこには立ち入らない。ともかくも、島崎藤村は、日本に重大な社会問題があるということを文学の中に描いた。一方、二葉亭四迷の『浮雲』は、テーマとしては、小心で処世下手な青年官吏の苦悩の日常を描いただけである。しかし「自己表出の意識」を批評の軸に置くなら、『破戒』は十九年前の『浮雲』をさほど超えてはいない、というのである。

文学批評（文芸批評と言おうと、文学評論と言おうと、意味は同じである）としては、自己表出史を軸にした吉本隆明の解釈は、当時としては相当優れている。時代も社会状況も異なる個別の文学作品を、ただテーマごとに括っても、単なる羅列の文学史になりかねない。

このことについて、やはり「表現転移論」では、こう述べられている。

自己表出としての言語というところまで抽出することなしには、ただでさえ強烈な個性が恣意的にそれぞれの時代環境のなかでつくりあげた作品を時間的な連鎖としてつなぐことはできない。

例によって、日本語の日本語への翻訳をしてみよう。

文学史では、言語を自己表出という次元にまで抽象化して論じる必要があるだろう。作家という人間は、誰も強烈な個性を持ち、それぞれの時代環境の中で強引に作品を作り上げるものだから、自己表出による抽象化の次元で考察しなければ、作品の羅列に終わり、歴史的つながりとして語ることはできない。

続いて、こうある。

具体的なままで文学史を必然としてとりあつかおうとすれば、ルカーチのようにただ土台史と作者のイデオロギーと作品とをとり出して短絡させるほかはなくなる。けだし、文学の理論の俗物化のはじまりは、社会の歴史のように文学の歴史を必然の連鎖としてつかまえようとする理論家としてはさけがたい欲求に根ざしている。

これも、翻訳してみよう。

自己表出による抽象化をせず、具体的な表現事物を並べるだけで文学史を法則の貫徹する必然史として描くならば、ルカーチ（社会主義時代のハンガリーの哲学者）のように、経済制度史と作者の思想と作品とを取り出して図式的な解読をするほかはなくなる。思うに、文学理論の通俗化は、文学の歴史を社会の歴史のように必然史としてとらえようとすることから始まる。

ここでも吉本隆明がプロレタリア文学論を相手に戦っていることがよく分かるだろう。プロレタリア文学論では、まさに、経済制度（奴隷制、大土地所有制、資本主義など）と作者の思想（農民への共感、貴族への怒り、中間層の葛藤など）と文学作品を組み合わせて図式的に文学史を描いていた。それは、社会の歴史を、法則が貫徹する必然史と描くように、文学史をも必然史として描こうとする通俗的文学理論である、というのである。

歴史を必然史であるとするのは、ヘーゲル・マルクス的な歴史観で、吉本隆明も社会の歴史に関してはこれを信奉している。第三章で見たように、吉本は、歴史の完成段階では、大衆がボタン五つ押して政治ができるようになるという奇妙な信念を歴史的必然のように開陳している。歴史が必然史であるかないかは、あまりに大きなテーマであるので別の機会に譲るとして、吉本は文学史だけは、必然史ではないと考えているようだ。ここが独自と言えば独自であった。そのためにこそ、客観的事物・事柄を表現する指示表出ではなく、自己表出を重視したのである。文学をそこに描かれた客観的事物・事柄から論じれば、否応なく客観的な事物史、すなわち必然史になってしまうからである。

さて、ここで文学の価値あるいは意味について考えてみよう。文学批評は、吉本隆明の同時代だけではなく、現在も存在するし、戦前期、明治大正期にも存在していた。それは、作品・作家の価値や意味を指摘し、誉めたり批判したりすることである。その基準は、ほぼ九割以上が、どんなテーマを扱ったかという「テーマ主義」と描写の巧拙を論じた「技術批評」である。新聞の文芸月評、雑誌の書評、文学賞の講評など、どれもほぼこれに尽きている。ブログなどで読書好きの「さりげなく小さい素人」の口にする批評も同じである。テーマ主義は、テーマの選択を文学の評価の基準とする。

この作者はかつては恋愛ものを得意としたが、この作品では一転して貧困問題をテーマにした、そこがすばらしいとか、逆に、これまで社会派だとされてきた作者が恋愛ものに新境地を見出した、その挑戦は見事だとか、いうものである。もう一つの技術批評は、貧困の実体のすさまじさがよく描けているとか、主人公の恋愛遍歴を描くには恋愛相手を絞り込まないと読者は感情移入しにくいとか、表現技法の巧拙を論ずる。

そうだとすると、文学批評では、テーマと技術に文学の価値や意味の基準があるとする、と考えていいのだろうか。現実には文学批評の九割以上は、テーマ主義と技術批評なのだし。

もし、そうなら、議論はまた振り出しに戻るだろう。すなわち、究極の真理から演繹された正しいテーマが選ばれているか、それが最も的確に描かれているか、このことが文学の価値や意味を決するとする文学論、すなわちプロレタリア文学論に戻るだろう。あるいは、一九八九年から一九九一年にかけての世界的な共産主義の崩壊、退潮を考えるなら、少し修正してもよい。共産主義ではない別の究極の真理を考えれば同じである。なんなら反共主義という究極の真理でもよい。また人権主義という究極の真理でもよい。そういった何かの真理から演繹された正しいテーマが選ばれているか、それが最も的確に描かれているか、それが文学の価値や意味を決するとするのだろうか。敢えて名付ければ真理文学論とでもなろう文学論である。文学論は結局はこれなのだろうか。

この難問は、吉本隆明が『言語美』でプロレタリア文学論に（つまり真理文学論の一種に）死亡宣告を出し、自己表出文学論の高らかな勝利宣言をした割には、容易に解決しないのである。吉本の自己表出文学論は、文学を論じるにあたり、作家の意識の表出を重視したという程度の意味だけはあったと言うべきだろう。

3 文学論、言語論の背景

吉本隆明は『言語にとって美とはなにか』で、言語の表出構造を検討し、表出の客体にではなく、表出する主体に文学の価値を見出した。これは、客体であるテーマによって文学の価値を判断するプロレタリア文学論に死を宣告しようと企てたものである。しかし、プロレタリア文学論は、もっと一般化すれば真理文学論とでも呼ぶべき文学論であり、この真理文学論は現在の文学評論においても頻繁に目にする。この文学論は意外に強固な形式を備え、極めて普遍的な構成を採っているのである。そうであれば、吉本の企ては、硬直したプロレタリア文学論を党派的に奉じている文学者に対しては、いくらか威嚇的効果があったかもしれないが、それ以上の致命的効果があったとは思えない。

そもそも吉本隆明が大好きな大衆は、あくまでもテーマ中心の真理文学論を信奉している。悪書追放運動や良書推薦運動は、テーマ主義文学論を支柱とする。「悪い事」が書かれている本を追放し、「良い事」が書かれている本を広めようというわけだからである。吉本の見出した自己表出論を支柱とした悪書追放運動や良書推薦運動なんて聞いたことはない。この運動を担うのは大衆か、吉本の憎悪する丸山眞男の造語で言う「亜インテリ」である。大衆が社会の九十パーセントを占め、亜インテリが残りを同率で占めるとすると、大衆と亜インテリで人口の九十九パーセントとなる。この人たちは、文学をテーマ主義の真理文学論で考え、吉本の想定する歴史の最終段階では、文学の価値をボタン五つ押して決めることになるらしい。

空想的な歴史の最終段階での話はともかく、現実には、どうやらテーマ主義は普遍的なようにも思える。あるいは、人間の脳には生得的にテーマ主義が思考回路として組み込まれているのかもしれない。このあたりは、あまりにも大きな問題である。人間が言語を学びうるのは、脳の中に普遍言語とでもいうものが生得的に組み込まれているのか、そうでないのか。これと似ているだろう。大きな問題であって容易に答えは出せない。

しかし、テーマ主義文学論が普遍的であろうとなかろうと、これへの懐疑も二十世紀の文学理論史を振り返ると重要なものとなっている。一九二〇年代のロシヤ・フォルマリズムもその源の一つだろう。フォルマリズム（形式主義）とは、日常語としては「お役所特有の形式主義」とか「形式主義的な虚礼」というように、内容がないことの否定的な形容である。しかし、文学におけるフォルマリズムという場合は、文学をテーマなど価値判断の要請される内容からではなく、文学が文学である形式から考察するという意味での形式主義である。これは文化人類学などの神話研究や儀礼研究にもつながり、民話や統治を構造として考える構造主義にもつながり、自明のものとしてあると思われていた小説という形式を解体する実験的なアンチ・ロマンにもつながる。

吉本隆明の『言語美』も、吉本自身は語っていないが、背景にこうした思想潮流があったと考えるべきだろう。そして、ここにもう一つ、言語学が政治に振り回された歴史もその背景に挙げておくべきだろう。これは田中克彦『「スターリン言語学」精読』（岩波現代文庫、二〇〇〇）に詳しい。というよりも、私もこの本によって断片的な認識が一つの見取り図のようにつながったのである。

吉本隆明は、第三章までに述べたように、左翼陣営の中で民主主義原理主義者として政治的発言をしてきた。それが、なぜここまで言語の構造にこだわりを見せたのか。政治と文学という問題があったにせよ、言語論とは唐突な感じがする。吉本が自ら系譜上連なるとして注目する三浦つとむも、一九五一年に除名されるまでは日本共産党員であった。それが芸術に、しかも言語にまで強い関心を示している。その上、ともに時枝誠記に言及している。政治と言語、革命と言語。どこかちぐはぐで唐突でさえある。

なぜ、左翼思想家にとってこんなにも言語問題が大きな関心事になったのか。

これには、一九五〇年ソ連共産党機関紙「プラウダ」に発表されたスターリンの論文『マルクス主義と言語学の諸問題』、通称「スターリン言語学」の衝撃が大きい。しかし、このような事情が私の学生時代にはもう分からなくなっていた。第一、『マルクス主義と言語学の諸問題』なんて、発表からほんの十五、六年しか経っていないのに、誰も話題にしなくなっていた。論文発表の三年後の一九五三年にスターリンが死去し、一九五六年にはフルシチョフ第一書記（後に首相）がスターリン批判の演説を行ない、日ソ共産党内でもスターリンの権威失墜はむしろ常識という風潮ができていた。スターリンの死をはさむ一九五〇年から一九六五年までの十五年間の変化は大きい。

その上、そもそも『マルクス主義と言語学の諸問題』の発表そのものが唐突だったらしい。当時まだ高校生だった田中克彦はこう書く。

〔この論文は〕世界の共産主義運動の総本部の、しかも最高指導者の書いたものだった。しかしそれは、予想もしない「言語学」についての発言だった。いったたい世界のどこの国で、その国の大統領や首相が、言語学の理論や、言語の本質について語ることがあるだろうか。

まさしく、その通りである。どこかの国の大統領や首相が、外交や経済問題ならともかく、言語学についての論文を発表するなんてことが、通常考えられるだろうか。田中克彦のショックから十五年後に大学生となった私は、友人や先輩からマウンティングされまいと政治や社会についての本を読むだけで手一杯なのに、さらに言語学まで考えなければいけないとは、予想もしなかった。

スターリン言語学については、田中克彦の本に論文の邦訳全文が収録されているし、その意味、いきさつも詳論されている。ここではごく簡単に述べておこう。

共産主義にとって民族問題は二律背反である。共産主義では、民族性を捨象(abstract)された階級的存在であるプロレタリアートによって世界革命が志向される。それは必然的にインターナショナリズムである。ユダヤ人であるマルクスにとって民族問題は出発点でもあるし、インターナショナリズムに止揚されるべき問題でもある。ソ連は複数の民族による連邦国家であり、国家を形成さえしない少数民族も抱えている。これらの民族の言語を民族文化として尊重するとインターナショナリズムはどうなるか、という問題がせり上がってくる。スターリンはそこで「言語道具説」を考えつく。言語は道具だと考えれば、民族性だの階級性だのは解決がつくというわけである。

しかし、それならば、数十年に亘って精緻に積み重ねられてきたマルクス主義の哲学はどうなるのか。言語や文化は経済制度を土台とする「上部構造」としてその土台に規定されるのではなかったか。いや、マルクス主義だけではない。ソシュールだって、時枝誠記だって、言語はただ外部のものを客体として鏡（道具）のように写すのではなく「言語主体」の表現なのだとしている。

ここに至って、一見唐突でちぐはぐな言語学と政治運動のつながりが分かってくるだろう。共産主義にとって言語論は、実はそのイデオロギーの中核部分と密接なつながりを持つのである。前に触れた三浦つとむのスターリン批判の論文とは、このスターリン言語学を批判した論文であった。吉本隆明の脳裏にも当然こうした前段階の議論の影があったのである。

第五章
『共同幻想論』

1 『共同幻想論』の読まれ方

『言語にとって美とはなにか』と並ぶ吉本隆明の主著『共同幻想論』は、『言語美』から三年後の一九六八年末に河出書房新社から刊行された。ちょうど全共闘運動が最高揚期にあった時である。私はこれをたぶん刊行から半年ほど後、一九六九年の春頃に読んでいる。大学は落第して五年生になっていた。

『共同幻想論』もまた、『自立の思想的拠点』や『素人の時代』と同じように、私は書名を誤読し誤解していた。一九六八、九年頃、私の愛読していた「少年マガジン」「少年サンデー」でしばしば、超心理学、空飛ぶ円盤、謎の古代史、神秘主義などがグラビアページで特集された。これらは、五、六年後の一九七〇年代前半には、それぞれ、超能力、UFO、超古代史、オカルトと、名前を新たにして爆発的ブームになるのだが、当時はその準備段階であった。私はこれら超心理学ものを読むのが好きだった。むろん、その頃から私はそんなものを全く信じてはいなかった。ただ、そういう現象があることが興味深く、不合理なものを真実だと信じてしまう人がいることが不思議で、現象の解明と盲信の心理を知りたかったのである。柳田國男の『妖怪談義』『一目小僧その他』、石田英一郎の『桃太郎の母』『河童駒引考』を読み、キャントリルの『火星からの侵入』を読んだのも、そういう関心からであった。

そんな時、吉本隆明が『共同幻想論』という書名の本を出した。これはきっと、十九世紀半ばにルルドで少女たちがマリア様を見た話や探偵小説作家コナン・ドイルが仲間と一緒に妖精の写真を撮った話、また第二次大戦直前のアメリカで火星人襲来騒動が起きた話などを論じたものだと思った。だって、共同幻想を論じた本だと書名にあるんだもの。

しかし『共同幻想論』にはルルドの泉の話も妖精の写真の話も火星人襲来の話も出てこない。裏切られたようでがっかりした。吉本隆明が論じていたのは、性や家族や国家についてだった。「共同幻想」とは吉本隆明の造語なのである。その説明が『共同幻想論』の初めに、次のように出ている。


ここで共同幻想というのは、おおざっぱにいえば個体としての人間の心的な世界と心的な世界がつくりだした以外のすべての観念世界を意味している。いいかえれば人間が個体としてではなく、なんらかの共同性としてこの世界と関係する観念の在り方のことを指している。

「共同幻想」の説明として「個体としての人間の心的な世界と心的な世界がつくりだした以外のすべての観念世界」で常人に分かるだろうか。言葉そのものが分かりにくく、言葉の掛かり方も分かりにくい。いつもながら、理解困難な日本語である。まず後半の「心的な世界がつくりだした以外のすべての観念世界」が分からない。「心的な世界」がこれとは別にさらに「観念世界」を作り出すのだろうか。この二つの区分は何だろう。しかも、それ「以外」にも観念世界があるように読めるが、それは何によってできているのだろう。また初めに出てくる「個体としての人間の心的な世界」は「以外」に掛かるのか掛からないのか。難解とか悪文とかいう次元を超えた奇怪な文章である。それでもここはさらっと読み飛ばして、続く「いいかえれば」を読むと、「個体としてではなく、なんらかの共同性としてこの世界と関係する観念の在り方のこと」だとある。要するに、人間の持つ観念のうち、世界と関わる観念のことを共同幻想とする、というのである。とはいえ、世界と関わる観念のみを「共同幻想」とし、そうでない観念は「観念」のままとする、というほどの使い分けをしているわけではない。これは次節で説明する「自己幻想」という吉本用語にも現れている。自己に関わる観念もやはり幻想としている。どういう意図があるのだか、吉本隆明は「幻想

illusion」を「観念 idea」という意味で使っているのである。

ともあれ、吉本隆明は個人と世界との関わり方を観念（幻想）の視点から論じたいという。むろん、そのような論者はいくらでもいる。吉本から十数年後、アメリカ人政治学者ベネディクト・アンダーソンが同じように国家や国民意識について論じた『想像の共同体』（リブロポート、一九八七、原著一九八三）は原題が Imagined Communities である。直訳すれば「想像された共同体」であるが、この邦題は簡潔で意味の通りもよい。吉本は『共同体観念論』とでもすればよかったものを、不思議な言語感覚から『共同幻想論』としたのである。

しかし、吉本隆明のおかしな言語感覚はいつものことだからやむをえないとして、家族や国家について論じているのなら読むべき意味はある。これはエンゲルス以来、マルクス主義にとって重要なテーマであるのみならず、政治学、社会学、人類学にとっても重要なテーマである。そう思って私は『共同幻想論』を読んだ。だが、一つ一つの言葉も論理構成も分かりにくく、なんとも言えない不思議な読後感だけが残った。無学な二十二歳の学生の読後感だったからではない。出版後、人類学者山口昌男によって批判された以外、論壇でもアカデミズムでも「まともな批評の対象とされたことがほとんどなかった」。そう言うのは、私と同世代の評論家の小浜逸郎である。

小浜逸郎は、私と違って、学生時代から吉本隆明を愛読し尊敬し続け、一九九〇年代に入ってから吉本への違和感を表明するようになった。とりわけ、一九九五年のオウム真理教事件に関する吉本の妄言とも評すべき発言で、小浜の吉本批判は厳しくなった。しかし、小浜の吉本批判は掌を返したような罵倒ではなく、かつて自分が魅了された意味をもとらえ返す誠実なものであり、小浜の吉本論はいずれも丁寧な労作である。その一つ『吉本隆明——思想の普遍性とは何か』（筑摩書房、一九九九）で、こう言う。

要するに、この書物〔『共同幻想論』〕はこれまで、アカデミズムにおいてはむろんのこと、思想ジャーナリズムにおいてすら、一種の異物として、「敬して遠ざけ」られてきたのだ。

前に何度も引用した「永遠の吉本主義者」鹿島茂の『吉本隆明1968』も、吉本の二主著である『言語美』と『共同幻想論』には論及していない。どうも鹿島にも敬遠されている節がある。

小浜逸郎は今引用した文章にすぐ続けて、こう言う。

そのことは、吉本隆明という思想家のカリスマ的イメージを不必要に肥大させた。もちろん、それは思想にとってよくないことである。

その通りである。判断力に乏しい学生や教養の欠如した左翼論壇人たちは、吉本隆明への批判が出ないことを、あまりにも吉本が偉大であるが故に、既成の学者や言論人は手も足も出ず、自らの頭の悪さを恥じて顔を伏せていると、都合よく誤解したのである。それこそまさしく「共同幻想」であった。

2　三つの「幻想」

『共同幻想論』は一応「序」から始まる。一応というのは、序としては決してよくできていないからである。この序は全部で二十四ページに及び、量としては十分なのだが、このうち実に二十ページが別の雑誌で編集者の質問に吉本隆明が答えたインタビュー記事の再録なのである。つまり、インタビュー記事をほぼ丸ごと序として再利用しているに等しい。このインタビュー記事が緊張感と臨場感にあふれた出色の出来というのならともかく、吉本特有のくだくだしい話しぶりを活字にベタ起こししただけであり、別段出来がよいわけではない。普通なら、これを整理して自分の文章で序を書く。なぜ吉本は自分で一から序を書かないのだろう。この辺の感覚もよく分からない。

それはさておき、吉本隆明が『共同幻想論』で何を論じたかったのかが、序で一応は語られている。冗長で、散漫だが、それを再現するために、そのまま引用してみよう。

いままで、文学理論は文学理論だ、政治思想は政治思想だ、経済学は経済学だ、そういうように、自分の中で一つの違った分野は違った範疇の問題として見えてきた問題があるでしょう。特に表現の問題でいえば、政治的な表現もあり、思想的な表現もあり、芸術的な表現もあるというふうに、個々ばらばらに見えていた問題が、大体統一的に見えるようになったというようなことがあると思うんです。

「見えるようになったというようなことがあると思うんです」は「見えるようになった」でよい。書き原稿にすれば簡潔にそうなる。インタビュー記事をそのまま再録する感覚を疑うとするゆえんである。それはともかく、これまでばらばらに考えてきた文学、政治、経済、思想、芸術を統一的に見る試みをしたい、というのである。すぐ続けてこう言う。

その統一する視点はなにかといいますと、すべて基本的には幻想領域であるということだと思うんです。なぜそれでは上部構造というようにいわないのか。上部構造といってもいいんだけれども、上部構造ということばには既成のいろいろな概念が付着していますから、つまり手あかがついていますから、あまり使いたくない。

文学、政治、経済、思想、芸術を統一的に見る視点を提示したい。その視点から言えば、これらはすべて「幻想領域」である。これらは従来、社会の「上部構造」と言われていたが、上部構造という用語は手垢がついているから「幻想領域」としたい、というのである。

ここで吉本隆明が手垢と表現しているのはマルクス主義用語という意味である。マルクス主義では、経済制度は社会の下部構造（土台）であり、その上に政治、文学、芸術が上部構造として成立しているとする。この上部構造は下部構造に規定され、また、上部構造は下部構造にも再度反映される。この考え方は、物質を下部構造とし、観念を上部構造とする唯物論的思考を社会にも当てはめたものだが、特別にマルクス主義的考え方と言わなくても、普通に考えてそんなに的外れでもない。前にも少し述べたが、荘園経済であれば、それにふさわしい貴族領主の政治や文化が花開き、その政治や文化が荘園制度を補強する、というぐらいのことは、一般的に納得できるだろう。

私ならそういう説明を入れる。そうでなければ、序としての意味がない。しかも、もとのインタビュー記事では、経済まで上部構造だと読めてしまう。正しくは、経済が下部構造でそれ以外が上部構造なのである。こういう曖昧さ、不正確さは、講演録やインタビュー記事にはつきものなのに、なぜその再録ですまそうとするのだろうか。批判というより、私としては単純に不思議でならない。

ともかく、吉本隆明は、従来、社会の上部構造だと呼ばれていた、吉本用語で言う「全幻想領域」の構造を解明したい。それには、幻想を次の三種類に区分するのがよい、と言う。

第一が「共同幻想」。国家、法などである。

第二がペアの「対幻想」。すなわち、性を核とした一対の男女関係の「幻想」で、家族を形成する。

第三が「自己幻想」。自己、個体の「幻想」で、芸術理論、文学理論、文学分野である。

ここに来て「幻想」という用語の不適切さがあらわになる。第一の「共同幻想」は、普通なら前にも言ったルルドのマリア様やアメリカのUFOだろう。第二のように、男女関係を「幻想」と言えば、勝手に愛されていると思い込む恋愛妄想のことか、恋は幻のようにはかないと歌う演歌の話になるだろう。そもそも「対幻想」で「ついげんそう」とは読めない。「対」は普通は漢音で「たい」と読む。これを「つい」と読むのは呉音か唐音である。第三の「自己幻想」というのも、通常それは自意識過剰者の美化された自己のことだろう。これを「個人の観念」という意味に使うとしても、その説明に「芸術理論、文学理論、文学分野」と並列するのは曖昧な例示である。芸術や文学の理論、またその実作、とすべきだろう。そもそも「小説」を「文学」とする現在の用法自体がおかしい。小説は学問ではない。文についての学問が文学のはずである。小説を文学とする拡大用法は定着しており、私自身もそのように使っているので、それはいいとしても「文学分野」では意味が分からない。これは文学作品、文芸作品だろう。

このあたり全部を、大まけにまけて、吉本隆明の意に添って解釈すると、次のようになる。

人間は、物質また経済制度を下部構造とする幻想（観念）の体系を持っている。それは、社会全体を束ねる国家や法になる場合がある。これは、社会構成員が共有する「共同体観念」のことなのだが、自分は「共同幻想」と名付けたい。また、男女・家族について考察すると、物質基盤だけではない幻想（観念）がそこに共有されており、これは「家族観念」と呼んでもいいのだが「対幻想」と呼んでみたい。さらに一人一人の個人も幻想（観念）を持っており、小説や詩歌などの文学作品として結実する。これは「自意識」とか「自己表現」と呼んでもいいのだが「自己幻想」と呼んでみたい。このようにすれば社会の上部構造と呼ばれてきたものは統一的に説明がつく。

と、こういうことなのである。

そういう趣旨の論考であれば、吉本隆明流の評論、またエッセイとして、あってもおかしくはない。評論やエッセイでは、個別例の普遍化は、限度はあるにしても、表現手法として確立されていると言えよう。一少年の善行を人間の徳の象徴として語り、数人の政治家の言動から国家論を展開するなど、珍しいことではない。だが、『共同幻想論』は「個々ばらばらに見えていた問題が、大体統一的に見えるようになった」というほど壮大な論考なのだろうか。宗教はまさに「幻想」の極であり、「観念」がもっとも体系性・網羅性を帯びて現れたものだが、派生的に触れられることはあっても、三分類のように単独立項されていない。また、ユートピア思想（千年王国思想、救済的政治思想）も、宗教と同じ程度、「幻想」または「観念」の究極表現なのだが、これも特に触れられていない。そうだとすると、どうも大げさな序にしか見えないのである。

『共同幻想論』におけるテキストの使用方法について疑問が出るかもしれないことを

考慮して、吉本隆明は「後記」でテキストについて、こう言っている。

わたしはここで拠るべき原典をはじめからおわりまで〔柳田國男の〕『遠野物語』と『古事記』の二つに限って論をすすめた。(略)当りうる資料はおおければおおいほど正確な理解にちかづくという考えかたがありうるのをしっている。しかし、わたしがえらんだ方法はこの逆であった。方法的な考察にとっては、もっとも典型的な資料をはじめにえらんで、どこまで多角的にそれだけをふかくほりさげうるかということのほうがはるかに重要だとおもわれたのである。

確かに、論を展開するためのテキストは「おおければおおいほど正確な理解にちかづく」というものでもなかろう。しかし、『古事記』は大和王朝成立の神話であるからいいとして、『遠野物語』はどうだろうか。これは柳田國男による「文学」だと言われている。三島由紀夫は自決直前まで連載した『小説とは何か』で、吉本隆明も言及している有名な「丸き炭取なればくる〱とまはりたり」の怪異譚について「わづか一頁の物語が、百枚二百枚の似非《えせ》小説よりも、はるかにみごとな小説になつて」いると、その「文学性」を絶讃している。『遠野物語』は言わば「柳田の自己表出」が生んだ詩なのである。柳田を論じるならば必要不可欠な一冊ではあるが、国家の起源を論じるときに、通常こうした文学作品をテキストにはしない。

それでも、吉本隆明が自らの共同幻想論（共同体観念論）を展開する上では、この二書で十分といえば十分でもあろう。前述の通り、小さな事例に壮大な問題の露頭を見出し、鋭い論理を繰り広げる評論もあるからである。この二書を解釈するため心理学者フロイトや社会学者レヴィ・ブリュルなども随時援用されている。

「後記」には、こうも言われている。

本書では、やっと原始的なあるいは未開的な共同の幻想の在りかたからはじまって、〈国家〉の起源の形態となった共同の幻想にまでたどりついたところで考察はおわっている。

吉本隆明は、共同幻想（共同体観念）である国家の原初形を考察した、というのである。そうであれば、学術論文ではなく、思想家吉本流の評論としては、聞くべきものはあると言っていいかもしれない。

3　「個」という欲望、「男女」という欲望

吉本隆明は『共同幻想論』で、必ずしも学者としてではなく、評論家として共同幻想（共同体観念）である国家の原初形を考察したかった。体系性や実証性より論者の主張に重きをおく評論としては、それでいいだろう。では、その主張はどういうものだったのか。つまり『共同幻想論』はどういう意図で執筆されたのか。読みにくい文章を、それでも我慢してなんとか読み続けていくと、次の二つが、吉本の主張なのだと分かってくる。

第一は、個と全、個人と国家、という問題への回答である。

序の最初の部分と最後の部分、すなわち大量のインタビュー記事を挟むほんの四ページの書き原稿の部分で、こんなことが言われている。まず、最初の部分から。

　ひとりの個体という位相〔phase 見え方〕は、人間がこの世界でとりうる態度のうちどう位置づけられるべきだろうか、人間はひとりの個体という以外にどんな態度をとりうるものか、そしてひとりの個体という態度は、それ以外の態度と

のあいだにどんな関係をもつのか。

つまり、個人としての人間と社会の一員としての人間、個人と世界という葛藤である。なぜこれを論じなければならないのかというと、それは序の最終部分にこうある。

人間はしばしばじぶんの存在を圧殺するために、圧殺されることをしりながら、どうすることもできない必然にうながされてさまざまな負担をつくりだすことができる存在である。共同幻想〔法、国家〕もまたこの種の負担のひとつである。だから人間にとって共同幻想は個体の幻想と逆立する構造をもっている。

「逆立《さかだち》」という言葉は、この種の文脈でマルクス主義系の論者が好んで使う。マルクスは宗教は逆立ちした世界認識であるとした。宗教では信ずることがすべての大前提であり、世界のありようの説明はその後についてくる。これに倣って、「逆立ち」は原因と結果が転倒した思考を意味する。吉本隆明は、ここでは意味を拡大し、個人と世界の対立関係という意味で使っている。そうすると、この文の論旨は、こうだろう。国家とか法は共同幻想（共同体観念）の典型的なものである。それはしばしば個人を圧殺するけれど、それでも個人はそれを支持したり作り出したりする。そこでは個人の存在目的は存在目的たりえず、その意味で、個人と共同体は対立する構造を持っている、というのだ。これはその通りである。

では、その対立構造をどう考えたらいいのか。これは古来から哲学者や倫理学者や心理学者を悩ましてきたテーマでもある。

吉本隆明は序でこんなことを言っている。

表現としての言語というものは、ほんとは個人幻想に属するわけです。だから思想的にいえば、文学表現がこうであらねばならないというふうに外から規範力として規定することはできないのです。そういうことは個人における自由といいますか、恣意性といいますか、個人にとっては自由な仮象としてしか出てこないわけです。

吉本隆明は前著『言語にとって美とはなにか』に続いて、プロレタリア文学論などの政治主義的文学論から文学の個人性、恣意性を擁護しようとする。そのため、国家、政治などの共同幻想とは別に成立しうる個人幻想（他では「自己幻想」としているが、意味は同じ）としての文学・芸術を強調する。これはその限りでは支持できる。前にも援用した福田恆存の九十九匹（政治）と一匹（宗教、文学）の対比と同じである。文学は本質的に個人性を持っている。これを踏まえ、制度としての表現の自由を論じるのではなく、文学表現が本質的に自由としてしか現れないことを論じている。

しかし、もし表現史を溯《さかのぼ》るなら、ことはそのように単純ではない。

我々現代人は、文学や芸術の創作行為が個人的なものであると思っている。確かに、個人の頭の中に文学的・芸術的観念が浮かぶのであるからそれは個人的なものである。しかし、それが現実に形を採った創作行為になった時、単純に個人的とは言えなくなる。浮世絵が、絵師、彫師、刷師の共同制作であり、ヨーロッパ中世の美術が工房制作であったことに思いを致せば分かるだろう。

文学においても、事情は変わらない。柳田國男は『青年と学問』所収の「農民文芸と其遺物」で、こう言う。

> ホメロスは孤立の天才ではなかつた。必ず彼を取囲んで互ひに誘導する所の聴衆があつたのである。

ホメロスは現代の文学者とは違い、独り書斎で呻吟して創作に励んだのではない。聴衆とのやりとりも彼の創作行為であった。さらに、ホメロスは個人ではなく、吟遊詩人の集団であったという説さえある。

論語・陽貨篇で孔子もこう言う。

詩は以て興《お》こすべく、以て観《み》るべく、以て群《む》れすべく、以て怨《うら》むべし。(詩は、気持ちを高揚させ、観察眼を養い、仲間との一体感を形成させ、政治への怨言《えんげん》を謳うこともできる)

この「詩」とは詩経に収められた詩である。詩は黙読するものではなく、朗詠するものであり、一人が歌えば、他の者がそれに和した。それ故に「群れすべし」である。吉本隆明がこの程度の表現史の常識を知らなかったとは思えない。それにもかかわらず、表現の集団性についてはこれと言って特記していない。つまり、ここにはおそらく民主主義原理主義者吉本の大衆論が関係していると思われる。つまり、大衆はマス(かたまり)ではなく、大衆は一人一人が自立した存在だとする吉本の大衆観である。しかし、吉本も作者の一人として属している現代詩の惨状はどうだろう。詩の名門出版社から出るプロの詩人の詩集の発行部数が三百部、四百部は当たり前という状況である。日本人一億二千万人のうちで三百部とは、四十万人ほどの中規模都市、例えば金沢市や岐阜市でたった一人しか読者がいないということである。「群れすべし」からあまりにも遠い。また、逆に「ポエム」と通称される詩は、何十万人もの若者によってノートに書き記されているけれど、これは自分以外誰も読まず、他人には「キモい」代物である。個人幻想が徹底した「素人の時代」、砂粒が砂嵐となっている「大衆の時代」が、ここに現れている。

『共同幻想論』の第二の主張は、男女二人の個人を基本として形成される家族と多数の人によって形成される国家という対比に関わる。ここでは家族という人間のありようとその意味が強調される。

吉本隆明が国家などの共同幻想に逆立ち（対立）するとしたもう一つの幻想（観念）が男女・家族の観念、すなわち「対幻想」である。これは『共同幻想論』の後半三分の一になって詳論される。対幻想は、男女のペアとそこから広がった家族集団の幻想だから、一人の個人幻想と多数の共同幻想の中間に位置する。一面で個人幻想に近く、一面で共同幻想に近い。その意味では、共同幻想に対して完全に「逆立ち」するわけではないが、前者の側面で逆立ちし、後者の側面で「同致」する。この「同致」も奇妙な吉本造語で「同一一致」というような意味らしい。

要するに、「二一（男女）」は「一（個人）」と「多（国家）」の中間だから、一から多への移行形としてあるか、もしくは一と多に引き裂かれてそれぞれの方に収斂する、ということである。

古来から、少なくとも東洋では、家族を国家への移行形ととらえてきた。古く易経にも出てくる「国家」という言葉の構成法に、既にそれが読み取れる。

朱子学で重んじられる大学には、次のようにある。

修身、斉家、治国、平天下

まず個人が己《おの》が身を修め、次に家族を整え、国を治め、世界を平安にする、という意味である。これは国家主義や全体主義を基礎づけるものとして、従来忌避されてきた。しかし、近時、Wm・T・ドバリー『朱子学と自由の伝統』（平凡社、一九八七、原著一九八三）などに見られるように、むしろ個人を中心に同心円状に世界観が広がることを評価する動きも出ている。ここで朱子学に深入りすることはやめておこう。ともかくも、家が国へのステップと考えられていることは間違いない。

一方、西洋では、とりわけマルクス主義に代表される進歩史観（歴史はある目標に向かって進歩する、しなければならない、という歴史観）では、家族や国家の原形を歴史の中に探り、またその到達目標を想定する。この進歩史観の意義や可否は今論じない。とにかく進歩史観に一理や二理はあるはずである。

マルクスの盟友エンゲルスは、そうした歴史観から『家族・私有財産・国家の起源』を著わした。これは人間の社会を規定する三つの主要な制度の起源を論じたものである。第二節で、吉本隆明の「インタビュー記事では、経済まで上部構造と読めてしまう」とその曖昧さを指摘しておいたが、エンゲルスの「家族・私有財産・国家」という並べ方に引きずられた可能性もある。

エンゲルスのこの著作は、十九世紀当時盛んになった人類学の研究者モルガン（アメリカ人「モーガン」のドイツ語読み）の『古代社会』に依拠したものである。現在ではモルガン説は学問的には完全に否定されており、学説史研究としてのみ意味がある。しかし、これを進歩史観の例証と読んだ同時代人エンゲルスの気持ちもまた興味深い。要するに、アメリカインディアンの社会に「原始共産制」と「乱婚」を見たのである。そして、人類史の原初の時期に、私有財産制もなく抑圧的な家族制度（道徳主義的な一夫一婦制、家父長制、因習婚など）もない、貧しくはあるが素朴で満ち足りたユートピアを、それこそ「自己幻想」したのである。この原初の理想郷が、豊かで便利で文明的なユートピアとして歴史の彼方に再臨する、というのが共産主義である。その時こそ、フランス革命の目標であり、人権思想の中核である自由と平等は完全な形で実現し、人間性の全面解放となって現れる、とする。なかなか魅力的な歴史観である。私が進歩史観に一理や二理はあるとするゆえんであり、十理は絶対にないし、七理、八理、九理もかなり怪しいとするゆえんでもある。

さて、エンゲルスにおいては家族と私有財産と国家はいずれも解体されるべきものである。前引の吉本隆明の言い方では「自分という存在を圧殺する負担」だからである。しかし、吉本はこの三者を引っくるめて「負担」とする考えを否定する。国家は自分という存在に「逆立ち」する「負担」である。だから、その負担を解体する方向で『共同幻想論』は書かれている。しかし、私有財産については、吉本の判断ははっきりしない。

一九八〇年代以降の吉本隆明の断片的発言から見ると、どうもある程度は私有財産を許容すると考えているようである。一九六八年、吉本の旧刊が「全著作集」（勁草書房）として刊行開始され、かなりまとまった額の印税が入るようになった。やがて、吉本は家を建て、流行のファッションを身にまとって雑誌の写真ページに登場した。

一九八五年、これを機に小説家で評論家の埴谷雄高《はにやゆたか》（一九一〇～一九九七）と論争が起きた。埴谷は、吉本が資本主義のブッタクリ商法に加担しているとして批判し、吉本は、他人の懐具合を妬《ねた》むような埴谷を卑しいと反批判した。この論争については他で論評したことがあるので、今は論じない。二度論じるほどの論争でもない。ともかく、吉本は、自分の才覚で稼いだ金はどう使おうと自分の勝手であり、それをとやかく言う奴は性根が卑しい、と思っているらしい。それはそれで健全と言えば健全であり、「大衆的な感覚」である。魚屋や孫蔵もそう思うだろう。

もう一つ、そして決定的にエンゲルスと吉本隆明が違うのが、家族論である。先に見たように、家族は「一（個人）」と「多（国家、世界）」の中間にあり、両者の移行形であるか、分裂して両者に収斂するか、という性格を備えている。吉本はこれについて、こう述べる。

家族の〈対なる幻想〉が〔原始時代の〕部落の〈共同幻想〉に同致するためには、〈対なる幻想〉の意識が〈空間〉的に拡大しなければならない。このばあい〈空間〉的な拡大にたえるのは、けっして〈夫婦〉ではないだろう。夫婦としての一対の男・女はかならず〈空間〉的には縮小する志向性《ママ》をもっている。それはできるならばまったく外界の共同性から窺いしれないところに分離しようとする傾向をもっている。

例によって日本語に翻訳してみよう。

家族観念が部落の共同体観念に一致するためには、家族意識の空間的拡大が必要である。しかし、家族観念といっても、これが夫婦のままでは空間的拡大は難しい。一対の男女である夫婦は内閉的観念空間を形成する。夫婦も共同体であるが、そこに見られる共同性は外界の共同性とは別個の共同性である。

ということである。

これはその通りであると言えばその通りである。そして、吉本隆明は、ここから国家という共同体に収斂されない「対幻想」に注目し重視する。一対の男女、夫婦、家族……、生活感を帯びた、吉本お得意の「大衆の原像」である。同時に、男女のペア性が強調されることに、また夫婦のペア性が強調されることに、戦後的なものを感じ取ることができよう。憲法第二十四条には「婚姻は、両性の合意のみに基いて成立し」とある。戦前の「家制度」では、夫婦より「家」が強調され、その「家」は国家という共同体に「同致」してゆく。

吉本隆明は『共同幻想論』で、エンゲルスばりに「家族、文学、国家の起源」を論じた。それぞれ象徴的に人数で言えば、二、一、多、ということになる。このうち、文学はその本質から言って国家に「逆立ち」する。そして、家族は男女のペアという面に着目すれば国家に合体しない。それ故、この二つは国家という怪物に拮抗しうる障壁になる。これが吉本の主張であった。

『共同幻想論』が一九六〇年代後半の全共闘だのべ平連だのヒッピーだの、考えなしの学生に、理論的にではなく感覚的に好まれた理由はここにある。彼らの嗅覚が吉本は自分たちの味方だと思わせたのである。彼らを育てた土壌は、単に「戦後」を冠しただけではない民主主義そのものだからである。そこでは、繁栄があり、私生活があり、進歩があり、しかも、人間性解放という理想まであった。

だが、文明論的に考えてみれば、これはただ「個」という欲望、「男女」という欲望に、無限の期待をかけただけではないか。欲望は間違いなく社会を豊かにする。欲望こそが豊かさの原動力である。しかし、その果てにユートピアが来るのか、荒廃と破滅が来るのかは、容易に答えは出せないのである。

第六章
迷走する吉本、老醜の吉本

1　残照の中の吉本隆明

一九七〇年代半ばから吉本隆明はカリスマ性を次第に失っていく。鹿島茂は、吉本の偉さは一九六〇年から一九七〇年までの十年間に青春を送った世代にしか実感できないと言ったが、確かにその十年間がピークだった。小浜逸郎の『吉本隆明——思想の普遍性とは何か』も、一九九九年の刊行でありながら、そこで論じられた最後の著作は一九六八年の『共同幻想論』である。小浜は、吉本のその後の一部の著作に関心を持ちはしたものの「七〇年代以降の彼の主な著作にあまり心引かれなかった」としている。とはいえ、下り坂になりながらも、さらに十余年、一九八〇年代後半まで吉本にはまだご威光がそれなりに輝いていた。時代にも惰性があるからである。旧来の知的権威主義もまだ生きていたし、左翼論壇、左翼言論人も、自分のテリトリーを確保していた。一九八〇年代半ばに若手知識人たちのニューアカデミズムがブームになるが、これも左翼知識人の亜種、変種という傾向が強い。ニューアカについては、終章でまた少しだけ触れることになろう。

この節では、残照の中の吉本隆明を見ていこう。残照の次には夕闇の中で迷走を繰り返す老醜の吉本の姿があるが、それは次節の話である。

一九七〇年代は、新左翼すなわち過激派が暴走し始めた時代である。一九七〇年には赤軍派のハイジャック事件が起き、初めての内ゲバ殺人事件も起きた。一九七二年には連合赤軍の大量粛清事件が日本中を震撼させ、イスラエルのテルアビブ空港で赤軍派が銃を乱射する事件もあった。こうした一連の事件を、なぜか日本人特有の「封建的心性」や「軍国主義」で説明する人が多かった。それならば、この人たちは、フランス革命時に出現したヴァンデの住民三十万人の大虐殺、また先日までの同志の相次ぐギロチン処刑、さらにロシヤ革命時の恐怖政治などは、どう説明するのだろう。この奇妙な日本人特質説は、アメリカ人の女性社会学者パトリシア・スタインホフの『日本赤軍派』（河出書房新社、一九九一）にも流れている。このことに象徴されるように、旧来の左翼思想あるいはもう少し広い進歩的思想が、説明能力を失い始めていた。そうかといって、有力な保守思想がそれに代わるわけではなく、折りからの石油危機も相俟って、ただ実務的な現実主義だけが日本中を支配するようになっていた。

そういう時代であれば、吉本隆明のカリスマ性が下降線をたどり始めるのも当然であろう。吉本は左翼修正主義に対し左翼原理主義を唱えていたにすぎないからである。吉本の主要な読者たちは、その頃三十歳前後になり、社会人となっていた。日本語とも思えない難解な吉本の著作を読んできたからには、彼らに一応は教養もあろう。教養ある実務的な社会人となったのである。そうなってみれば、魚屋を繰り込むことぐらい、社会人としての仕事のなかで単なる日常業務である。孫蔵も目を凝らせばそこいら中にいる。「大衆の原像」と称してことさらに崇めるほどのことでもない。また、自らも相手を見つけて結婚する年齢になっていた。そうなれば、抽象的な国家より体感的な「対幻想」の方が否応なく強いと、教えられなくても分かる。むしろ、強すぎる対幻想に辟易し、押しつけがましい対幻想と職務上戦わなければならないことにも出くわす。

こうして、吉本隆明はカリスマ性を減衰させていった。しかし、対抗カリスマ、というより対抗パラダイムが現れなかった。思想史的に見て、そういう時代に入りつつあったのだろう。

この時期の吉本隆明の著作を少し検討してみよう。『言語にとって美とはなにか』『共同幻想論』ほどの主要著作は出ていないが、『最後の親鸞』（春秋社、一九七六）が一部で話題になった。これはいくつかの雑誌に発表した親鸞論をまとめて一冊にしたものだが、活字もゆるく組まれ、ページ数も薄い。吉本にとって親鸞が興味引かれる存在であることが分かるだけの著作であり、親鸞論そのものとしてはさほど重要なものではない。

吉本隆明が親鸞に惹かれる理由は容易に想像がつくだろう。悪人こそ救われるとする、親鸞の有名な「悪人正機」論である。これが吉本の「大衆の原像」論と相似することは明らかである。吉本は持論自説を補強するものを見出したのだろう。

親鸞とその師法然について、いかにも吉本隆明らしいこんな解釈をしている。

法然にとって〈衆生〉は、なまじの自尊心や知識に装われていないために、かえって他力の信に入りやすい存在であったし、また、信に凝るあまり無智文盲の身でもって、えてして他宗の有識の徒を誹りなどして、逸脱しやすい存在とも解された。つまり法然には、まだいい気なところがあったのである。だが親鸞がこの時期に体得したところでは、〈衆生〉はことのほか重い強固な存在で、なまじの〈知〉や〈信〉によってどうかなるようなちゃちなものではなかったのである。教化、啓蒙のおこがましさを、親鸞は骨身に徹して思想化するほかなかったとおもわれる。

要するに、法然は大衆を啓蒙すべき存在と考えていたが、そこには「いい気なところがあった」。しかし、親鸞は「啓蒙のおこがましさ」を「骨身に徹して思想化」した。すなわち、大衆の原像を自分の思想に繰り込んだ、だからすばらしい、という親鸞論なのである。

体系的な親鸞論ではなく、吉本隆明流の親鸞論だから、これはこれでいいと言えなくもないが、やはり恣意的な親鸞論である。既に先人たちによって浄土教思想の発生にはキリスト教と同じ土壌があることも指摘されているし、浄土真宗の悪人正機思想は明治以後の近代真宗学で強調されるようになったにすぎない。さらに、神道の「汚れ・禊《みそぎ》」の思想との類縁性を指摘する宗教民俗学者もいる。大衆の原像論に引きつけた吉本隆明の親鸞理解こそ「いい気なところがある」ように思える。

吉本隆明のこの時期の政治的発言も見てみよう。前にもその奇妙な「後書き」に触れておいた『「反核」異論』（深夜叢書社、一九八二）である。これは、この年にあちこちの雑誌に書いた文章やインタビューに応じた記事を年末に一冊にまとめたものである。

その前年の一九八一年アメリカでレーガン政権が発足し、軍備増強、核戦略強化の動きが出てきた。これに対し、独文学者で小説家の中野孝次（一九二五〜二〇〇四）が中心になって「核戦争の危機を訴える文学者の声明」を発表した。吉本隆明はこれに異論を唱えたのである。

その論旨は、知識人の大衆啓蒙への批判、反核運動に現れたスターリン主義的党派性への批判、この二点である。このうち、前者は吉本隆明の持論だからそれはそれとしておいて、後者は一応は聞くべき見解だろう。当時ポーランドでは、ワレサらによって自主管理労組「連帯」が組織されて「民主化運動」が起きていた。ポーランド政府やその背後にあるソ連はこれに弾圧をもって臨んだ。吉本はこのワレサらの運動に共鳴していたが、親ソ的反核運動はこれをつぶす意味があるというのである。

これは確かにその通りだろう。中野孝次らにそのような意図があったかどうかはともかく、政治、外交、軍事が、複雑な力学の上にあるのは当然である。優れた指導者はこの力学を巧みに利用して政治目的や戦争目的を達成する。大衆の支持もその力学の要素の一つである。ソ連が自らを平和勢力になぞらえて大衆運動を陰に陽に操ることはあるに決まっている。一方のワレサらの運動にだって、逆にアメリカやバチカンの政治工作はもちろんあったはずだ。ワレサが純朴、潔癖な人物であったか否かは別にしてである。こんなことは政治の、そして政治学の常識である。反核運動に集う大衆に政治が分からないのは大衆なのだから当然として、これと同じぐらい吉本隆明には政治が分かっていない。それは吉本にとって大衆は現実ではなく、理念だからである。吉本大衆神学の御神体だからである。

ワレサが活躍し始め、日本では反核運動が少しだけ盛り上がったその時代、ソ連を中心とする社会主義国には崩壊の日が近づいていた。数年後の一九八九年ベルリンの壁が崩され、一九九一年にはソ連自体が解体した。

その決定的力になったのは、アメリカのレーガン政策である。レーガンは、一九八一年からベルリンの壁倒壊を秋に控えた一九八九年一月まで、アメリカの大統領を二期続けて務めた。一九八〇年代ほぼ丸ごと大統領であったと言ってよい。レーガンは、元アナウンサーであり、元映画俳優であり、「大衆の原像」を完璧なまでに自分の政治に繰り込む能力を持っていた。レーガンは巧みに大衆の支持を集めて権力基盤を固め、アメリカの持つ莫大な経済力のすべてを戦略防衛構想（ＳＤＩ）に注ぎ込み、絶対的な核の威嚇でソ連を崩壊に追い込んだ。これによって、アメリカは世界第一の超大国であり、同時に、世界第一の超債務国となった。ソ連を崩壊させたからよかったようなものの、ソ連が持ちこたえていたら、アメリカは世界の二流国であり世界第一の超債務国になっていた。

一九八〇年代とは、そんな時代である。

2　迷走する大衆神学の司祭

一九九〇年代に入って、吉本隆明は左翼論壇という狭い世界でもさすがに以前ほど話題にならなくなった。吉本は一九九四年には七十歳になっていた。しかし、気力体力が衰えたというより、実は迷走が始まっていた。

それが明白になったのは、一九九五年、ちょうど戦後五十年目になるこの年に起きたオウム真理教事件での発言によってである。地下鉄サリン事件などで日本中が恐怖に震え上がっていた頃、吉本隆明はオウムの教祖麻原彰晃を「高く評価する」と擁護したのである。一連の凶悪事件の発覚するはるか前なら、それもありえただろう。オウムの実態が分からなかったからと言えば、確かにそうかもしれない。しかし、事件後半年ほどしか経たない時、しかも、保守系の産経新聞紙上での発言であった。当然、猛烈な批判を浴びることになった。ところが、そうなると吉本は急に腰砕けになって、無差別大量殺人はよくないと言い出した。このあたりの妄言、迷走については、私は既に『危険な思想家』（一九九八、現在は双葉文庫）で詳しく批判しているので、ここでは繰り返さない。

それでも、後にオウム裁判が始まった時、私は、吉本隆明がオウムの特別弁護人となって「思想的弁護論」を述べないものかと内心期待していたのだが、なぜかそうはならなかった。期待したのは、もちろん、吉本大衆神学の完全破綻と大衆神学を支えた怠惰な良識の崩壊を白日のもとに曝したかったからである。

しかし、吉本隆明はオウム事件での妄言の責任をうやむやにしたまま、信者たちに担がれて生き延びた。信者というのはオウム信者のことではなく、吉本信者のことである。

二〇〇二年には『ひきこもれ』（大和書房）という奇妙な本が出た。「ひきこもり」の勧めを説いたものである。これは、その前年「週刊文春」（二〇〇一・三・二九）に載った「ひきこもれ！」というインタビュー記事を柱に、家庭や教育全般に話を広げて単行本にまとめたものであり、柱となったひきこもり論は雑誌記事と論旨も素材も同じである。しかし、単行本にまとめたといっても、芸能人本よろしく、各章ごとに吉本隆明の大きな写真を何枚もあしらい、活字もゆるく組んだインタビュー本である。話題もあっちに飛びこっちに飛びで統一性がない。

その冒頭章に置かれたのが、当時、社会問題にもなり始めたひきこもりを論じたもので、ひきこもり擁護論、さらに、ひきこもり推奨論である。とはいえ、ひきこもり現象を心理学的に分析したり社会学的に解明したりして擁護、推奨するといった本ではない。吉本隆明の人生観と言おうか、世界観と言おうか、不可解な主張をだらだらと述べたものである。単行本の冒頭章のもととなった「週刊文春」記事から引用してみよう

吉本隆明は、ある日、ひきこもりがちな人を引き出すボランティアをしている元スーパー店長を取材したテレビ番組を見た。これを話の枕に、吉本は、こんなことを語っている。

ボランティアの人とひきこもりの人が一緒に集まって話していて（略）、その場の雰囲気が、どうも精神的に不健康というか、異常というか、なんとなく薄気味悪いものを感じた。こりゃ健康じゃないぜ、と思ったんですよ。

引き出すことはいいことだと信じきっている様子で、怖い。ひきこもる人には様々な理由があるんだろうけれど、僕は外に出たくない人はひきこもらせてやったっていいじゃないかと思うし、本当におかしくなっちゃったら、それは専門の医者の領分でしょう。素人さんの価値観で引き出すのが正義だと、そんな簡単な

ことなんだろうか。

吉本隆明が「素人さんの価値観」を否定するとは思わなかった。大衆の原像はどこへ行ったのだろう。ボランティアも大衆、そしてひきこもっている青年も大衆である。この大衆同士を「真の大衆」と「偽りの大衆」に分けることができるのは、吉本だけである。大衆神学の司祭吉本だけが大衆の原像を知っているからである。こんな些細なインタビュー発言にも、吉本大衆神学の本質が現れている。

さて、吉本隆明は「ひきこもる人には様々な理由が」どのようにあると見ているのだろうか。

僕みたいな物書きは一日中ひきこもってますよ。

当たり前だろう。文筆家が仕事するのに一日中ひきこもっていれば、執筆意欲旺盛な証拠である。そこへ元スーパー店長のボランティアが、吉本さぁん、外へ出ましょうよ、と「引き出し」に来るのだろうか。どうも吉本の言うことに「異常というか、薄気味悪いもの」を感じる。

吉本隆明は、こんな例も挙げる。

藍染め、友禅染めの熟達した職人さんのように、目立たないところで一日中口もきかずに同じことを繰り返している人もいる。

これまた当たり前だろう。職人が仕事場にこもり「一日中口もきかずに同じことを繰り返している」ことに、何の不思議があるのか。頑固一徹で仕事に励む寡黙な職人に、やはり、元スーパー店長のボランティアが、職人さぁん、外へ出ましょうよ、と「引き出し」に来るのだろうか。吉本隆明は、一九七〇年代までは常人には理解できない言葉で文章を書いていたが、二十一世紀に入ってからは常人には理解できない主張をするようになったようだ。

「ひきこもり」とは、文筆家が執筆に没頭することや職人が仕事に寝食を忘れることを言うのではない。肥大した脆弱な自我が社会との関係を取り結ぶことができなくなり、勉学にも仕事にも打ち込むことができず、部屋に逃避することを言う。こんなことは「素人」にも分かる。自分の息子が、論文執筆のため、あるいは染物作業のため、一歩も部屋からでないからといって、「専門の医者」を呼ぶ親がいるだろうか。ゴミだらけの部屋の中に半年も一年もこもり、何をしているかも分からずにいる息子を、「ひきこもるには理由がある」と目を細めて喜ぶ親がいるだろうか。

吉本隆明がこんな異常なことを主張する理由は、簡単に推測がつく。大衆不可侵、啓蒙否定、という教義からである。司祭は、現実とは無縁の神学をひたすら説いている。

単行本『ひきこもれ』から他の章も少しだけ見ておこう。

第二章は「不登校について考える」で、学校論、教育論である。これがよくある革新派の学校論とまるっきり同じなのだ。吉本隆明が民主主義原理主義者であることは、ここでも傍証されるだろう。

吉本隆明は、学校の「偽《にせ》の厳粛さ」を指摘する。「子どもの頃、教室に流れていた嘘っぱちの空気」を思い出すと言う。なんだか尾崎豊である。山田かまちかもしれない。続いて吉本は「学校は真面目に勉強するところだなんていうのは嘘なんだということを、誰かがちゃんと言ったほうがいい」とも言う。「ちゃんとそう言っている」のは「真面目に勉強」して東工大を卒業した評論家である。

吉本隆明は「学校は真面目に勉強するところだなんて嘘なんだ」説の同調者として二人の人物を挙げる。

たとえば太宰治は、小説の登場人物に、学校なんてものは、カンニングしても何でもいいからとりあえず出ておけばいいいんだと言わせている。また、武田泰淳は、大学を中退した奴じゃないと信用しないということを書いています。

太宰治は青森の大地主の息子で、一族は東大出身者ばかりである。太宰も当然東大に入学し、入学後は文学や政治運動にのめり込んで中退している。武田泰淳は父も東大卒であり兄も東大卒である。武田も当然東大に入学し、入学後は太宰と同じように中退している。超名門大学に入ってしまえば、入るだけの経済力と学力があれば、「カンニングしても何でもいいからとりあえず出ておけばいい」だろうし「中退した」っていいだろう。「大学を中退した奴」とはそもそも大学に入った奴のことである。入らなければ中退すらできない。東大にあらざる三流大学や四流大学では、中退しようが卒業しようが、「信用」されにくい。それでも卒業したほうが、まだ信用されるだろう。これが現実であり、これが真実である。

「偽の厳粛さ」「嘘っぱちの空気」は、どこに流れているのか、誰が流しているのか。

二〇〇五年には、吉本隆明は市井文学という小出版社から『中学生のための社会科』を出した。これまた奇妙な一冊であった。

社会科と謳われていながら、第一章は「言葉と情感」である。そういう本は、普通、社会科ではなく国語と言う。まあ、社会科を広く解釈すれば、言葉も情感もその枠に入らなくもないので、それはいいとして、吉本隆明は、この本を自分の学校の思い出と詩の話から始める。吉本は、小学校から大学まで、好きな先生があまりいなかったと言う。ところが「学習塾の先生は素晴らしい先生だった」。この先生に詩の魅力を教えられたというのである。

戦前の話である。尋常小学校を終えただけで働きに出るのが普通の時代に、吉本隆明は学習塾に通っている。それもあってか、最終学歴は東工大卒である。吉本は、しばしば、下町の船大工の息子と称していた。船大工といっても造船会社の経営者である。三井造船や佐世保重工などの財閥系の大造船所とは比較にならないが、それでも従業員を何人も使い漁船を作っていた造船会社である。その経営者を船大工と言うのなら、家電メーカーの社長御曹司も電気屋の息子だし、名門大学の学長令嬢も教師の娘である。

個人的な出自の話だから、それはともかくとして、中学生向けの「教科書」として書かれたはずのこの本に、とても中学生では理解できないことが頻繁に出てくる。

前述の詩については、こんな記述がある。

萩原朔太郎のエロスの心理を形象に托した詩集『月に吠える』から近代詩は現代に入ったと一般にいわれている。

萩原朔太郎、エロス、形象、『月に吠える』、近代詩。中学生には、まずこれだけでも注が必須だろう。昨今では大学生でも注なしではこの二行は分かるまい。東大生や東工大生なら別だろうが。

続いて、その萩原朔太郎や伊東静雄らの詩が引用され、こんな伊東静雄論が述べられる。

伊東静雄の詩についていうと、意図的に翻訳語調を使って、そのことが詩の構成の現代性に一役かっている。これはアジア内陸語と似ても似つかぬ大洋州の島々の言葉をクレオール化している日本語の特徴ともいっていい。

「アジア内陸語と似ても似つかぬ大洋州の島々の言葉をクレオール化する」とはどう

いうことか。これで中学生に分かると思う感覚には恐れ入る。大衆の原像はともかく、中学生の原像は、どのあたりに繰り込まれているのだろうか。
その後は、古事記や万葉集の話になって、唐突に折口信夫《おりくちしのぶ》の話になる。そして、もっと唐突にこんな文章が出現する。

つくづく思想を右と左に分けてすましている人士と、それを思想理念、理想として世界を色分けしたヨシフ・スターリンの一国社会主義理論の虚偽を払底してくれたらとおもう。
だがスターリンやその支配下に出来上がった芸術理念であるアナトーリー・ルナチャルスキーの政治と文学（芸術）理論を否定し切れなかった根拠は、唯物論と〈さまざまなニュアンスをもった観念論〉をあたかも敵対し得るかのように決めつけたウラジミール＝イリイッチ・レーニンの『唯物論と経験批判論』の政治哲学に根源があるのだ。

全体の四分の一になって、やっと社会科が始まったと思ったら、これである。世界中に三億人はいる中学生のうち、これが自国語に翻訳されたとしても、理解できる者は一人もいない。ただの一行さえ理解できないだろう。しかし、吉本信者である著名な作家や評論家たちは、この『中学生のための社会科』をこぞって絶讃推薦した。新聞紙上でその絶讃を目にした私は、信者たちのあまりの狂信ぶりに呆然となった。

吉本隆明は、亡くなる二カ月前、「週刊新潮」の「二時間インタビュー」に応じ「『反原発』で猿になる！」を語った。これが迷走を続けた吉本の最後の発言となった。

その一年前、二〇一一年三月十一日、日本は未曾有の天災に襲われた。東日本大震災である。それは単なる自然災害にとどまらず、原発の破損も招き、長期に亘る放射能汚染という恐怖をもたらすことになった。これを機に、脱原発の動きが起き、街頭デモなど市民運動も繰り広げられている。吉本隆明は、この反原発を批判したのである。それは、極めて単純な論理であった。

ある技術があって、そのために損害が出たからといって廃止するのは、人間が進歩することによって文明を築いてきたという近代の考え方を否定するものです。

これはその通りである。反原発を唱える人の中には、一切の文明を否定する自然信仰のようなことを言う人がいる。また、自らは文明の恩恵を十分すぎるほど受けていながら、反文明のポーズをとる人もいる。これを無知と言えば無知だし、偽善と言えば偽善である。

しかし、このことと国家の政策を決めることは別である。無知の輩を含め、偽善の連中を含め、政策を決定しなければならない。政治とはそういうものである。ひとたび事故が起きたら膨大な被害を生ずるエネルギー政策を転換することは、間違ってはいない。転換期の混乱や不便をどう乗り切るかという問題はある。それを保障するものは、政治の力であり、政治の選択であって、科学技術固有の問題ではない。

戦後、人類は抗生物質を初めとする医薬品の開発で、寿命を歴史上かつてないほど伸ばした。しかし、そのうちのいくつかは、重大な副作用を生み、製造と使用が禁止された。今なおその後遺症に苦しむ人もいるし、補償の問題も続いている。覚醒剤もそうである。一九五一年に禁止されるまで、眠気覚ましの妙薬としていくつもの製薬会社から発売され、広く使われていた。しかし、健康被害のみならず、犯罪も誘発するとして、法律で禁止となった。一九七〇年前後に世界的に問題になった公害、環境汚染も、同じである。無計画で野放図な工業化社会は、経済的な豊かさをもたらしながら、その陰で深刻な環境破壊を生じさせていた。これを克服するのは不可能、至難とも言われながら、それでも、人類は、とりわけ日本は、代替技術を開発し、環境を回復させてきた。まさしく科学技術の力によってであり、文明の力によるものである。それを誘導したのは政治の力である。

それは市民の力によるものではない。大衆の力によるものではない。潜在力としては市民の力、大衆の力があった。しかし、それを扇動し、鼓舞し、束ねた政治があったはずである。この政治がなければ、潜在力はたちまち雲散霧消してしまう。「六〇年安保のエネルギー」なるものが、瞬時にして沈静化したことを思い起こせばよい。政治は冷厳な現実の上に成り立っている。

無知による反原発、偽善による反原発、しかし、それを扇動し、鼓舞し、束ねた政治は勝利する。この政治について、私は必ずしも楽観的にはなれない。無知と偽善に足をすくわれる可能性もある。しかし、無知と偽善を巧みに束ねる可能性もある。政治の論理は、無知であろうと、偽善であろうと、冷厳に貫徹される。ここまで見てきたように、吉本隆明は政治というものを、市民主義者たちと同じく、根本的に誤解している。政治は、善い人が、善い人を相手に、善いことをするものだ、と思っている。政治は善いことをしなければならない。しかし、善い人が、善い人を相手に、善い政治をするかどうかは分からない。善くない人が、無知や偽善を束ねて、善い政治をすることもある。悲しいことに、腹立たしいことに、この地上においてはしばしばそうである。この悲しみを癒し、この腹立ちを掬い取るのが、大衆神学である。大衆の原像を繰り込んだ善い人が、大衆の原像そのものの善い人を相手に、善い政治をする。最終的には、大衆がボタン五つ押してすべてが決まる歴史の終わりが来る。大衆神学は、苦しみ、悩む人を、そのように慰撫する。司祭は吉本である。

だが、そんな神学を我々は信じることができるだろうか。そんなものは幻想ではないのか。然り、吉本大衆神学は幻想であった。一九六〇年から四半世紀ほどのインテリっぽい青年たちの幻想であった。そして、吉本隆明自身の幻想でもあった。吉本自身と信者たちがともに「共同幻想」を見たのである。晩年の吉本の迷走がそのことを証明している。

終章　「吉本隆明って、どこが偉いんですか？」

　一体、吉本隆明って、どこが偉いんだろう。吉本が戦後最大の思想家だって、本当だろうか。本当かもしれない。本当だとすれば、吉本がその住人の一人である戦後思想界がどの程度のものであるか、逆にはっきり見えてくるだろう。

　大思想家の条件は、第一に、常人にはよく分からないことを書くことであるらしい。花田清輝もそうだし、小林秀雄もそうだ。よく分からないことを書けば、読者は必死になって読んでくれる。そして、俺をこれだけ必死にさせるのだから大思想家だと思ってくれる。読んでいる途中で挫折することもあるだろうが、結果は同じである。さすがに大思想家だ、俺には読み通せないと思ってくれる。鹿島茂が小林を評したように「よくわからんが、とにかくすごい」というやつである。

　むろん、本当に大思想家で、常人にはよく分からないことを書く人もいる。前にも触れた荻生徂徠はその代表だろう。徂徠の『論語徴』は原漢文である。これは論語の注釈書である。論語そのものはもちろん漢文で書かれている。その注釈書を漢文で書いたのである。デカルトの"Discours de la méthode"の注釈書を日本人がフランス語で書いたようなものである。私はデカルトには特に興味はないが、論語には興味があるので『論語徴』は読まなければいけないと思いながらも、無学なために読めない。しようがないので、読み下し文で読んだ（みすず書房「荻生徂徠全集」、平凡社東洋文庫）。しかし、読み下し文でさえ、二回読んでもよく分からなかった。三回読んだら少しだけ分かるようになった。

雍也《ようや》篇の宰予《さいよ》を論じた章は、こんな風に始まる（漢字は新字体とした）。

宰我井仁《せいじん》の問ひは、孔子の禍《わざは》ひに陥いらんことを慮《おもん》ぱかり、しかうして微言《びげん》を以て之を諷するなり。

なるほど、そういう解釈があるのかと、少しだけ分かった。三回読めば、常人にも少しだけは分かる。『論語徴』は漢文で書かれているので、清朝の学者たちもこれを読んだ。「清朝の学者たちが徂徠の学説、特に『論語徴』の解釈の価値を高くみた」（小川環樹解題）という。清朝の学者たちが『論語徴』を何回読んだかは知らないが、ともかく価値があるものだとしたらしい。デカルトの注釈書を日本人がフランス語で書いてフランスの学者を感心させたようなものである。私はナショナリズムとは縁遠い人間であるが、こういうことを知ると、ちょっと嬉しい。

日本がユーラシア大陸の東の果ての島国である以上、どうしても文明は西から流れ込む。朝鮮から、支那から、インドから、ヨーロッパから。その結果、日本は翻訳大国である。それでいいといえばそれでいいのだが、たまにはこちらから西に発信してやりたい。徂徠がそんな悲願に応えているような気がする。日本は別に劣っているから翻訳大国なのではない、たまたま地理的条件がそうなだけだ、その証拠に徂徠先生を見よ、という気持ちになる。

江戸の「大思想家の一人」荻生徂徠は、翻訳されないでも原典のままで海外に発信された。「戦後最大の思想家」吉本隆明は、どれだけ外国に発信されているのだろうか。もちろん誰かが翻訳した英語版やフランス語版でかまわないのだけれど、管見の限りでは一冊も翻訳されていない。日本の戦後思想を概観した文章などに間接的に言及されている程度である。

それは、吉本隆明の文章が外国語に翻訳不可能な文章だからである。吉本の文章は、まず一度日本語に翻訳してから外国語に翻訳しなければならない。重訳を必要とする文章だからである。そして、日本語に翻訳してみると予想外につまらないことを言っていることが分かってしまい、外国語に翻訳する気力が萎えてしまうからである。このことは、私が本文に書いた通りである。

戦後思想界って、そんなものらしい。少しだけナショナリストの私としては、少しだけ悲しい。

吉本隆明が次第に人気をなくしていった一九八〇年代半ばには、ニューアカデミズムのブームがあった。これも一過性のブームであり、左翼論理の亜型にすぎなかった。ニューアカの旗手の一人、浅田彰は難解な『構造と力』『逃走論』で、例の如く、よくわからんところがすごいと、人気知識人となった。『逃走論』を編集したのは当時筑摩書房編集者だった松田哲夫である。松田は『逃走論』を私に向かって得意気に振りかざし、どうだ、おまえなんかには分かんないだろう、と、しきりに自慢した。「分かんない本」を作ったのが、なぜ自慢なのか、そちらの方こそ私には分かんなかった。ニューアカのもう一人の旗手、中沢新一はチベットで密教の修行をしたという触れ込みで神秘思想を語り、オウム真理教の下地を準備していた。

その後、世紀を跨いだ頃、浅田彰は知らない間に某大学の大学院長となってアカデミズム構造で力を持つようになり、論壇から逃走した。松田哲夫はテレビで親しげに

「哲ちゃん」と呼ばれて愛される書評家となった。中沢新一はオウム真理教の理論的支柱となりながら破防法適用からうまく逃れ、気がついたら息を吹き返していた。

一九九〇年代後半には、アメリカでアラン・ソーカル事件が起きた。日本で言うニューアカ系の思想家の用語を、目茶苦茶に、しかし、いかにももっともらしくちりばめた論文を、物理学者ソーカルが発表した。この論文が評価された頃合いを見計らって、ソーカルはあの論文は挑発のためのインチキ論文だったと自ら暴露した。この論文を評価した思想家たちは面目を失った。

よく分からんところがすごい、というのは、どうやら万国共通らしい。それでも、挑発的ないたずらだったにせよ、分からんものはしばしば偽物だと告発する人がいるだけ、アメリカの方が健全なような気もする。

さて、吉本隆明である。

私は学生時代から二十冊近い吉本隆明の著作を読んでいる。同時代の教養、すなわち共通知識として読んできた。マウンティングするにもされるにも、共通の技やルールを知っておく必要があるからである。しかし、吉本の著作で感銘を受けたものは一冊もない。むしろ、根本的なところで違和感を覚えていた。このことは、三十年前から自分の著作で述べていたのだけれど、なぜか共鳴者は現れなかった。

二〇一二年三月の吉本隆明死去に際し、新聞や雑誌で寄稿やコメントを求められた。私は、死者への礼を失しない限りで、吉本に批判的な文章を書いたり、語ったりした。追慕、讃美の声が並ぶ中で、孤立する少数派であった。その現実に私は意外の感があった。

吉本隆明って、どこが偉いんだろう。本当にみんな吉本は偉いと思っているのだろうか。

追慕讃美の声を寄せたのは、ほとんどが五十代、六十代、すなわち私より少し上から十歳ほど下の人たちであった。若き日に吉本隆明を悪戦苦闘して読んだ言論人である。その人たちは、当時も、そして今も、本当にみんな吉本は偉いと思っているのだろうか。

そうだとしたら「読者としての責任」を問うてみたい。言論にとって義とは何か。如上の倫理を世に問うてみたい。擬制の終焉を迎えるためにである。

補論　吉本隆明に見る「〈信〉の構造」

本書の元版は二〇一二年の年末に刊行された。幸いにも好評で、新聞・雑誌の書評でも取り上げられ、年明けには増刷となった。本書で使った「マウンティング」という言葉が広く一般に使われるようにもなった。思想書と総称される本が話題になることが少ない時代に、まことに喜ばしい限りである。

読者の声もさまざまな形で知ることになった。直接手紙をくれた熱心な読者もいた。ネット上の反響をまとめてファックスで送ってくれた友人もいた。講演会の後の質疑応答で感想を聞いたこともある。

私の意図を正しく理解して、よくぞ書いてくれたという意見が、当然ながら一番嬉しかった。しかし、本書を正しく理解したからこそ、自分の読書歴をふりかえって虚しい気持ちになった、という声もあった。この読者は、学生時代から吉本隆明を愛読し、吉本の著作は出れば必ず買い、買えば必ず熟読し、今老境にさしかかりつつあるらしかった。恐らく、吉本の本を私が買った数倍は買い、私が費した数倍の時間をかけて読んだのだろう。その本代とその時間は何だったんだろうという後悔の思いが込み上げてきた、というのである。私はこの読者に同情する。そして、でも大した悲劇じゃないんだよ、と声をかけてやりたいとも思う。本代の五十冊分や六十冊分ぐらい、他の娯楽に金をかけることに較べれば大した出費ではない。吉本を読んだ時間なんて、これも娯楽に費やす時間とさほど違わない。

私は本書を出した後でも、アンケート類で吉本隆明を戦後の思想家ベストテンに入れることをためらわない。客観的評価という意味である。戦後思想界なるものは、こういう思想家を生んだのである。我々はそんな思想空間の中にいたし、今もいる。先の読者は、吉本隆明という共同幻想を同時進行でフィールドワークする得がたい体験をしたのである。

この共同幻想を支えるのは「〈信〉の構造」である。時代、交遊、情報などのからみあった「関係の絶対性」の中で生まれた「〈信〉の構造」がそこにある。

本書を出して少し後、芹沢俊介が若い頃、吉本隆明宅で子供の家庭教師をやっていた思い出を懐しそうに語っているのを読んで、私は驚愕した。吉本に事実上破門された芹沢がそれでも吉本を思慕し続けていることに驚いたのであり、それ以上に、吉本が子供に家庭教師をつけていたことに驚いたのである。

吉本隆明は、本書でも論じたように、学校は「嘘っぱちの空気」が流れる場所であり、「真面目に勉強するところだなんていうのは嘘なんだ」としている。それ故に、学校は「カンニングして」出ておけばいいし、大学は「中退した奴じゃないと信用しない」と言う。その吉本自身は東工大を卒業しているし、小学校時代には学習塾にさえ通っているのにである。それでも、これは親の意向に吉本少年がやむなく屈したのかもしれない。世に珍しくもない親子の対立なのだろう。しかし、そうであれば、吉本は自分の子供には、自由にカンニングさせ、大学を中退させるべきだったのではないか。教えるべきはカンニングの技術であり、中退届の出し方であろう。ところが、吉本は子供に上智大学卒の家庭教師をつけていたのである。

普通これは隠すべき恥部である。吉本隆明は最初の著作集が出た時、まとまった印税が入り、それで家を建てた。これは世間一般の倫理感から言っても、吉本自身の倫理感から言っても、少しも恥ずかしいことではない。隠す必要はないだろう。しかし、カンニングを煽り、中退を勧め、それでいて自分の子供には成績を向上させるべく家庭教師をつけたとなると、普通の感覚ならこれを隠すだろう。しかし、吉本の信者である家庭教師も、恐らく吉本自身も、これを隠そうとはしていない。芹沢俊介は微笑ましい思い出でもあるかのように語っている。

私はここに「〈信〉の構造」を見る。共同幻想が成立しているのだ。教祖は言動の不整合を超えているのである。

宗教史を閲《けみ》すれば、宗教の開祖のうちかなりの人が精神異常である事実を知ることになる。逆に言えば、精神異常は文明論的に重要な意味を持っている。精神異常であることによって見えるものがあり、分かることがあり、築き上げられる思想がある。人類史の中で精神異常はある役割を果たしてきた。むろん、文明論的に何の意味もなく、人類史的に何の役割も果たさない極めて散文的な精神異常の方が大多数なのであるが。

どうやら吉本隆明は軽度の（あるいは重度の？）異常である可能性があるようだ。

本文でも転向論のところで言及しておいたが、鶴見俊輔は吉本隆明に「偏執狂的性格」を見、それによって転向研究を「ほとんど独力でなしとげた」と評している。偏執狂に特有の症状では、自我が肥大化・強靭化し、自我と外部との適切な関係が取れなくなり、無意味なまでの攻撃性が現れる。確かに、吉本にはこうした性格が見られ、それによって転向研究の先駆者の一人となった。

吉本隆明のこの性格は、言語感覚において顕著である。

精神分裂病（俗に言う統合失調症）などの、精神病の一症状に造語症がある。言語は自己と外部をつなぐ認識・交流の精神活動であるが、これがうまく働かなくなり、奇妙な造語を使う症状である。もちろん、明治期の日本の知識人たちのように、西洋文明と接することによって従来存在しなかった学術用語を作り出すことは、ここに言う造語症ではない。精神分裂病は、ドイツ語では schizo-phrenie（分裂 - 精神）だから、このような日本語となった。ここでは、ドイツ語という言語系と日本語という言語系は、相互に外部にありながら対応交流している。統合失調症という言葉は、ドイツ語に対応していないが、人権イデオロギーによる言語系には対応しているので、造語症によるものではない。ただし、原語に基づいてはおらず、原典に遡りえない。

典型的な造語症の例が木村敏『自覚の精神病理』に出てくる。ある患者は消しゴムのことを「ケシザン」と言うのである。「消しゴム」を「ケシザン」と言うことに、人権イデオロギー上の理由があるわけではない。「ケシザン」という言葉は、この患者の言語系にしか存在しておらず、しかもこの言葉は系としての体系性も恒常性も持っていない。それでも、この患者にとって、ケシザンはケシザンでしかありえない。

こういう造語症あるいは造語癖は、宗教の開祖にしばしば見られる。既存の言語系とは違う言葉によって、新しい世界が現れる、あるいは、新しい世界が現れているから、既存の言語系にはない言葉で語りたくなる。そして、その新奇さが信者を惹きつける。

吉本隆明の造語癖にも同様のものが感じられる。新しい世界であるように見えて、実はさして新しい世界でない場合が往々にしてあることも、共通しているように思える。

本文を補う形で、いくつか論じてみよう。

「関係の絶対性」とは、吉本用語の中の重要語であり、代表的な難解語である。吉本隆明自身がこの言葉と格闘し、「関係の客観性」とした方がよかったかもしれない、としているほどだ。しかし、この言葉が「自由な意志」「自由な選択」を「相対的」なものに過ぎないとする文脈で使われたものであるからには、従来、哲学において「自由意志」あるいは「主体性」を論じる時に「状況」「環境」「外界」「社会」などとされたものを言い換えたものだということになろう。

この議論は、マルクス主義の中でも繰り返されている。マルクスのノートからエンゲルスが抜き出した「フォイエルバッハ・テーゼ」と呼ばれる定立《テーゼ》集がある。ごく短い十一のテーゼをまとめたもので、文庫本にして数ページにすぎず、多くはエンゲルスの『フォイエルバッハ論』に併録されている。このうち第六テーゼが有名で、そこにこうある。

「人間の本質は、現実性においては、社会的諸関係のアンサンブル（総合）である」

マルクスは、そしてこれをまとめたエンゲルスは、ドイツ観念論の系譜と決別すべく、人間は社会関係の総合として客観的に存在し、そうである以上、科学的・唯物論的に把握しうる、とした。当然、主体性だの自由意志だのというものは、とらえどころのない観念にすぎないことになる。マルクス主義が現象学や実存主義に対して一貫して激しい敵意を表わしてきたのも、これに由来している。この問題にここで深入りすることはできないが、マルクス主義のこの立場は思想史の重要な一機軸となるものであり、軽々に否定できるようなものではない。ともかくも、吉本隆明の「関係の絶対性」は、こうしたマルクス主義の影響が濃厚であり、親鸞思想、とりわけ主体性を否定する「絶対他力」の評価にもつながってゆくことが分かるだろう。

そうであるのならば、吉本隆明は最初からそのように書けばいいのである。「関係の絶対性」などという奇怪な造語を使わず、「人間は社会関係の総合」であるとすれば、この言葉自体分かりやすく、系譜もたどりやすい。しかし、吉本には、なぜか「関係の絶対性」でなければならなかった。ケシザンがケシザンである理由は、そう言っている当人にしか分からないのと同様、吉本にとっては「関係の絶対性」が絶対なのである。

そして、一度このような新奇な造語が発せられると、従来にない思想を求めていた読者を引き寄せる。事実は、従来からあった思想の変種に過ぎないのだけれど。

もう一例、補論しておこう。

『言語にとって美とはなにか』では、言語行為の二つの面が論じられていた。

これは、吉本隆明より前、三浦つとむが強調し、その前には、時枝誠記《ときえだもとき》が、さらに前には鈴木朖《あきら》が初めて論じている。この言語の二面を、鈴木と時枝は「詞・辞」とし、三浦は「客体的表現・主体的表現」とし、吉本は「指示表出・自己表出」としている。この四人の理論は、要するに骨格部分は同じなのである。そうであれば、基本用語はむやみに変えることはない。時枝は鈴木をそのまま踏襲し、二人とも「詞・辞」である。しかし、この言葉は無教養な現代読者には分かりにくい。優れた啓蒙家である三浦は、それ故「客体的表現・主体的表現」とした。客体と主体で対義語になっており、理解しやすい。それを吉本は「指示表出・自己表出」と改めるのである。指示は「指し示す」、自己は「自分」であり、この二語は全然対義語になっていない。しかも「表出」というあまり使わない言葉を用いている。三浦は分かりやすく「表現」とした。「表現」だろうと「表出」だろうと、英語に翻訳すれば expression 以外に訳しようがない。それなのに、吉本はなぜか「指示表出・自己表出」という奇妙な造語を使うのである。

吉本隆明のこうした造語癖は、小林秀雄のような衒学的な難解文趣味とは、似ていながら違っている。本文で私は、吉本は「天然」だと書いた。つまり巧んでいない。しかし、「天然」は「病気」のすぐ手前である。病気は仮病でない限り、巧んでいない。吉本は天然どころか病気の領域に入っている可能性がある。そこが天然よりなお一層、信者を惹きつける。

私は、信者たちの言動を同時代人として若い頃から見てきた。根っからの不信心者である私にとって、それは不思議なものであった。

一九七三、四年のことである。

私は大学をなんとか卒業し、今で言う派遣労働をしながら、図書館で本を乱読する生活を送っていた。ちょうどその頃、新聞に吉本隆明の本をテキストとする読書会の紹介記事が出ていた。吉本の講演会なども催しているという。中心になっていたのは、私より年長の塾講師や施設職員といった人たちである。当時、こういった読書サークルはあちこちでよく目にした。吉本の著作は既に何冊も読んでいたが、疑問や異和感があった私は、その読書会に参加してみた。そこで、吉本の著作に対する疑問や異和感以上の疑問や異和感を覚えることになった。

当時、私は今西錦司を経由して進化論に関心があった。読書会の後の雑談の折に、私が「人間は猿から進化する過程で道具を使うようになり……」と発言すると、すかさず「人間は進化なんてしてませんよ」と頭から否定された。私は一瞬、不気味なものを踏みつけたような気がした。進化論に関する本を乱読する中で、キリスト教原理主義者が進化論を否定しているという知識を得ていたからである。この読書会は、そうした宗教団体の隠れ蓑なのか、と思ったのだ。

私は冷静を装い、キリスト教原理主義者らがしばしば引用する進化論否定論者の話を少ししてみたが、会のメンバーたちは何の反応も示さない。おかしいなと思っていると、こう反論された。「進化なんてないですよ、吉本さんがそう言ってるんですから」

メンバーたちによると、吉本隆明を呼んだ講演会で、吉本がそう発言したというのである。私が困惑の色を顔に浮かべていると、彼らはその時の録音テープを貸してくれた。家へ帰ってテープを聞いてみると、なるほど吉本はそのように言ってはいるのである。

テープでは、吉本隆明の講演が一旦終わり、質疑応答の時間となった。一人の青年が質問に立った。「えーっと、先程の吉本さんの話にあった共同体のあれですけどぉ、人間は猿から進化したわけですから……」。その時、吉本は質問者を制するように言った。「人間は猿から進化していません」。会場は小さく沸いた。青年は臆することなく再度口を開いた。「いや、あのう、そもそもはアメーバから進化し……」。またも吉本は青年を制して言った。「アメーバからも進化してませんよ」。会場は大きく沸いた。そして、吉本は、進化の話ではなく、共同体がどうのこうのという話を再説し始めた。

この吉本隆明の発言は進化論否定説を述べたものだろうか。そうではない。人間は猿から進化したわけではなく、アメーバから進化したわけではない、という正確な進化論を、きわめて不親切、不十分に述べたのである。我々は日常的に、人間は猿から進化しアメーバから進化したと言っている。正確には、人間と猿は同じ祖先を持つのであり、しかし、それは我々から見れば猿としか言いようのない生物である。そうであれば、日常会話で人間は猿から進化したと言ったとして、言下に否定し去らなければならない妄説ということにはならない。アメーバについても同様である。

吉本隆明も吉本隆明だが、この発言で吉本は進化論否定論者だと信じてしまう人たちって……、あ、信者なんだ。教祖と信者なんだ。私は「〈信〉の構造」の一端を見たと思った。

この会にはその後、何回か出席しただけだったが、こんなこともあった。

私が「会の皆さんは、吉本隆明の思想形成を追体験するように読んでおられますね」と言うと、ただちに反論の言葉が返って来た。

「ちがいます。そういう読み方をする人たちを吉本信者と言って、吉本さんが一番嫌うんです」

私は、クレタ島人は嘘つきだと言うクレタ島人は本当にいるんだと、初めて知った。

本書は二〇一二年十二月に筑摩書房から刊行された同名の単行本を文庫化したものである。誤記誤植を訂正し、文意を通りやすくするため文章を修正したが、内容にかかわる大きな改変は行なっていない。補論は文庫用の新稿である。

本書は二〇一二年十二月、筑摩書房より刊行された。

生き延びるためのラカン 斎藤環

幻想と現実が接近しているこの世界で、できるだけリアルに生き延びるためのラカン解説書にして精神分析入門書。カバー絵・荒木飛呂彦　（中島義道）

学問の力 佐伯啓思

学問には普遍性と同時に「故郷」が必要だ。経済用語に支配され現実離れしてゆく学問の本質を問い直し、体験を交えながら再生への道を探る。　（猪木武徳）

生命をめぐる対話 多田富雄

生命の根源に迫る対談集［五木寛之／井上ひさし／日野啓三／橋岡久馬／白洲正子／田原総一朗／養老孟司／中村桂子／畑中正一／青木保／高安秀樹］

世界がわかる宗教社会学入門 橋爪大三郎

宗教なんてうさんくさい⁉　でも宗教は文化や価値観の骨格であり、それゆえ紛争のタネにもなる。世界宗教のエッセンスがわかる充実の入門書。

私の幸福論 福田恆存

この世は不平等だ。何と言おうと！　しかしあなたは幸福にならなければ……。平易な言葉で生きることの意味を説く刺激的な書。　（中野翠）

日本の村・海をひらいた人々 宮本常一

民俗学者宮本常一が、日本の山村と海、それぞれに暮らす人々の、生活の知恵と工夫をまとめた貴重な記録。フィールドワークの原点。　（松山巖）

ひとはなぜ服を着るのか 鷲田清一

ファッションやモードを素材として、アイデンティティや自分らしさの問題を現象学的視線で分析する。「鷲田ファッション学」のスタンダード・テキスト。

キャラクター精神分析 斎藤環

ゆるキャラ、初音ミク、いじられキャラetc.。現代日本に氾濫する数々のキャラたち。その諸相を横断し、究極の定義を与えた画期的論考。　（岡﨑乾二郎）

のんのんばあとオレ 水木しげる

「のんのんばあ」といっしょにお化けや妖怪の住む世界をさまよっていたあの頃――漫画家・水木しげるの、とてもおかしな少年記。　（井村君江）

水木しげるのラバウル戦記 水木しげる

太平洋戦争の激戦地ラバウル。その戦闘に一兵卒として送り込まれ、九死に一生をえた作者が、体験が鮮明な時期に描いた絵物語風の戦記。

ねぼけ人生〈新装版〉　水木しげる
戦争で片腕を喪失、紙芝居・貸本漫画の時代と、波瀾万丈の人生を、楽天的に生きぬいてきた水木しげるの、面白くも哀しい半生記。（呉智英）

人生をいじくり回してはいけない　水木しげる
水木サンが見たこの世の地獄と天国。人生、自然の流れに身を委ね、のんびり暮らそうというエッセイ。推薦文＝外山滋比古、中川翔子。（大泉実成）

増補　エロマンガ・スタディーズ　永山薫
制御不能の創造力と欲望で数多の名作・怪作を生んできた日本エロマンガ。多様化の歴史と主要ジャンルを網羅した唯一無二の漫画入門。（東浩紀）

白土三平論　四方田犬彦
60年代に社会構造を描き出した『カムイ伝』、蜂起の歴史哲学を描いた『忍者武芸帳』等代表作、そして「食物誌」まで読み解く。書き下ろしを追加。

反社会学講座　パオロ・マッツァリーノ
恣意的なデータを使用し、権威的な発想で人に説教する困った学問「社会学」の暴走をエンターテイメントな議論で撃つ！　真の啓蒙は笑いから。

続・反社会学講座　パオロ・マッツァリーノ
あの「反社会学」が不埒にパワーアップ。お約束と権威主義に凝り固まった学者たちを笑い飛ばし、庶民に愛と勇気を与えてくれる待望の続編。

誰も調べなかった日本文化史　パオロ・マッツァリーノ
土下座のカジュアル化、先生という敬称の由来、全国紙一面の広告。――イタリア人（自称）戯作者が、資料と統計で発見した知られざる日本の姿。

日本人のための怒りかた講座　パオロ・マッツァリーノ
身の回りの不愉快な出来事にはきちんと向き合い、改善を交渉せよ！「知られざる近現代マナー史」を参照しながら具体的な「怒る技術」を伝授する。

増補　サブカルチャー神話解体　宮台真司／石原英樹／大塚明子
少女カルチャーや音楽、マンガ、AVなど各種メディアの歴史を辿り、若者の変化を浮き彫りにした前人未到のサブカル分析。（上野千鶴子）

戦闘美少女の精神分析　斎藤環
ナウシカ、セーラームーン、綾波レイ……「戦う美少女」たちは、日本文化の何を象徴するのか。「おたく」「萌え」の心理的特性に迫る。（東浩紀）

家族の痕跡　斎藤環

様々な病の温床ではあるが、他のどんな人間関係よりましである。著者だから書ける、最も刺激的にして愛情あふれる家族擁護論。（荻上チキ）

ひきこもりはなぜ「治る」のか？　斎藤環

「ひきこもり」研究の第一人者の著者が、ラカン、コフート等の精神分析理論でひきこもる人の精神病理を読み解き、家族の対応法を解説する。（井出草平）

「ひきこもり」救出マニュアル〈理論編〉　斎藤環

「ひきこもり」治療に詳しい著者が、Q＆A方式で、ひきこもりとは何か、どう対応すべきかを示している。すべての関係者に贈る明日への処方箋。

「ひきこもり」救出マニュアル〈実践編〉　斎藤環

「ひきこもり」治療に詳しい著者が、具体的な疑問に答えた、本当に役に立つ処方箋。理論編に続く、実践編。参考文献、「文庫版　補足と解説」を付す。

終わりなき日常を生きろ　宮台真司

「終わらない日常」と「さまよえる良心」――オウム事件直後出版の本書は、著者のその後の発言の根幹である。書き下ろしの長いあとがきを付す。

14歳からの社会学　宮台真司

「社会を分析する専門家」である著者が、社会の「本当のこと」を伝え、いかに生きるべきか、に正面から答えた。重松清、大道珠貴との対談を新たに付す。

「ガロ」編集長　長井勝一

マンガ誌「ガロ」の灯した火は、大きく燃えあがり驚異的なマンガ文化隆盛へとつながっていった。編集長が語るマンガ出版の哀話。（南伸坊）

ゲバルト時代　中野正夫

羽田闘争から東大安田講堂の攻防、三里塚闘争、連合赤軍のリンチ殺人を経て収監されるまで、末端活動家としての体験の赤裸々な記録。（鴻上尚史）

逃走論　浅田彰

パラノ人間からスキゾ人間へ、住む文明から逃げる文明への大転換の中で、軽やかに〈知〉と戯れるためのマニュアル。

独特老人　後藤繁雄編著

埴谷雄高、山田風太郎、中村真一郎、淀川長治、水木しげる、吉本隆明、鶴見俊輔……独特の個性を放つ思想家28人の貴重なインタビュー集。

増補 転落の歴史に何を見るか 齋藤健

奉天会戦からノモンハン事件に至る34年間、日本は内発的改革を試みたが失敗し、敗戦に至った。近代史を様々な角度から見直し、その原因を追究する。

人生を〈半分〉降りる 中島義道

哲学的に生きるには〈半隠遁〉というスタイルを貫くしかない。「清貧」とは異なるその意味と方法を、自身の体験を素材に解き明かす。（中野翠）

哲学の道場 中島義道

哲学は難解で危険なものだ。しかし、世の中にはこれを必要とする人たちがいる。――死の不条理への問いを中心に、哲学の神髄を伝える。（小浜逸郎）

ヒトラーのウィーン 中島義道

最も美しいものと最も醜いものが同居する都市ウィーンで、二十世紀最大の「怪物」はどのような青春を送り、そして挫折したのか。（加藤尚武）

橋本治と内田樹 橋本治 内田樹

不毛で窮屈な議論をほぐし直し、「よきもの」に変える成熟した知性が、あらゆることを語りつくす。伝説の対談集ついに文庫化！（鶴澤寛也）

9条どうでしょう 内田樹／小田嶋隆／平川克美／町山智浩

「改憲論議」の閉塞状態を打ち破るには、「虎の尾を踏むのを恐れない」言葉の力が必要である。四人の書き手によるユニークな洞察が満載の憲法論！

昭和史探索（全6巻） 半藤一利編著

名著『昭和史』の著者が第一級の史料を厳選、抜粋。時々の情勢や空気を一年ごとに分析し、書き下ろしの解説を付す。《昭和》を深く探る待望のシリーズ。

昭和史残日録 1926―45 半藤一利

昭和天皇即位から敗戦まで……激動の歴史の中で飛び出した名言・珍言。その背景のエピソードと記憶すべき日付を集大成した日めくり昭和史。

昭和史残日録 戦後篇 半藤一利

昭和史の記憶に残すべき日々を記録した好評のシリーズ、戦後篇。天皇のマッカーサー訪問からベトナム戦争終結までを詳細に追う。

増補 日本語が亡びるとき 水村美苗

明治以来豊かな近代文学を生み出してきた日本語が、いま、大きな岐路に立っている。我々にとって言語とは何なのか。第8回小林秀雄賞受賞作に大幅増補。

世界史の誕生 岡田英弘

世界史はモンゴル帝国と共に始まった。東洋史と西洋史の垣根を超えた世界史を可能にした、中央ユーラシアの草原の民の活動。

日本史の誕生 岡田英弘

「倭国」から「日本国」へ。そこには中国大陸の大きな政治のうねりがあった。日本国の成立過程を東洋史の視点から捉え直す刺激的論考。

倭国の時代 岡田英弘

世界史的視点から「魏志倭人伝」や「日本書紀」の成立事情を解明し、卑弥呼の出現、倭国王家の成立、日本国誕生の謎に迫る意欲作。

ハーメルンの笛吹き男 阿部謹也

「笛吹き男」伝説の裏に隠された謎はなにか？ 十三世紀ヨーロッパの小さな村で起きた事件を手がかりに中世における「差別」を解明。（石牟礼道子）

自分のなかに歴史をよむ 阿部謹也

キリスト教に彩られたヨーロッパ中世社会の研究で知られる著者が、その学問的来歴をたどり直すことを通して描く〈歴史学入門〉。（山内進）

純文学の素 赤瀬川原平

まわりにあるありふれた物体、出来事をじっくり眺めると不思議な迷路に入り込む。「超芸術トマソン」前史ともいうべき「体験」記。（久住昌之）

幕末単身赴任 下級武士の食日記 増補版 青木直己

きな臭い世情なんてなんのその、単身赴任でやってきた勤番侍が幕末江戸の〈食〉を大満喫！ 残された日記から当時の江戸のグルメと観光を紙上再現。

辺界の輝き 五木寛之 沖浦和光

サンカ、家船、遊芸民、香具師など、差別されながら漂泊に生きた人々が残したものとは？ 白熱する対論の中から、日本文化の深層が見えてくる。

仏教のこころ 五木寛之

人々が仏教に求めているものとは何か、仏教はそれにどう答えてくれるのか。著者の考えをまとめた文章に、河合隼雄、玄侑宗久との対談を加えた一冊。

自力と他力 五木寛之

俗にいう「他力本願」とは正反対の思想が、真の「他力」である。真の絶望を自覚した時に、人はこの感覚に出会うのだ。

サンカの民と被差別の世界　五木寛之
歴史の基層に埋もれた、忘れられた日本を掘り起こす。漂泊に生きた海の民・山の民。身分制で賤民とされた人々。彼らが現在に問いかけるものとは。

隠れ念仏と隠し念仏　五木寛之
九州には、弾圧に耐えて守り抜かれた「隠れ念仏」があり、東北には、秘密結社のような信仰「隠し念仏」がある。知られざる日本人の信仰を探る。

宗教都市と前衛都市　五木寛之
商都大阪の底に潜む強い信仰心。国際色豊かなエネルギーが流れ込み続ける京都。現代にも息づく西の都の歴史。「隠された日本」シリーズ第三弾。

わが引揚港からニライカナイへ　五木寛之
玄洋社、そして引揚者の悲惨な歴史とは？　アジアとの往還の地・博多と、日本の原郷・沖縄。二つの土地を訪ね、作家自身の戦争体験を歴史に刻み込む。

日本幻論　漂泊者のこころ　五木寛之
幻の隠岐共和国、柳田國男と南方熊楠、人間としての蓮如像等々、非・常民文化の水脈を探り、五木文学の原点を語った衝撃の幻論集。（中沢新一）

建築の大転換　増補版　伊東豊雄　中沢新一
いま建築に何ができるか。震災復興、地方再生、エネルギー改革などの大問題を、第一人者たちが説き尽くす。新国立競技場への提言を増補した決定版！

隣のアボリジニ　上橋菜穂子
大自然の中で生きるイメージとは裏腹に、町で暮らすアボリジニもたくさんいる。そんな「隣人」アボリジニの素顔をいきいきと描く。（池上彰）

諸葛孔明　植村清二
『三国志』の主人公の一人、諸葛孔明は、今なお「戦略家」「参謀」の典型とされる。希代の人物の卓越した事績を紹介し、その素顔に迫る。（植村鞆音）

サムライとヤクザ　氏家幹人
「男らしさ」はどこから来たのか？　戦国の世から徳川の泰平の世へ移る中で生まれる武士道神話・任侠神話を検証する「男」の江戸時代史。

弾左衛門と江戸の被差別民　浦本誉至史
浅草弾左衛門を頂点とした、花の大江戸の被差別民の世界に迫る。ごみ処理、野宿者の受け入れなど現代にも通じる都市問題が浮かび上がる。（外村大）

熊を殺すと雨が降る　遠藤ケイ

山で生きるには、自然についての知識を磨き、己れの技量を謙虚に見極めねばならない。山村に暮らす人びとの生業、猟法、川漁を克明に描く。

よいこの君主論　架神恭介／辰巳一世

戦略論の古典的名著、マキャベリの『君主論』が、小学校のクラス制覇を題材に楽しく学べます。学校、職場、国家の覇権争いに最適のマニュアル。

もしリアルパンクロッカーが仏門に入ったら　架神恭介

パンクロッカーのまなぶは釈迦や空海、日蓮や禅僧たちと殴りあって悟りを目指す。仏教の思想と歴史を笑いと共に理解できる画期的入門書。（蟬丸P）

戦国美女は幸せだったか　加来耕三

波瀾万丈の動乱時代、女たちは賢く逞しかった。武将の妻から庶民の娘まで。戦国美女たちの素晴らしい生き様が、日本史をつくった。文庫オリジナル。

きよのさんと歩く大江戸道中記　金森敦子

江戸時代、鶴岡の裕福な商家の内儀・三井清野のゴージャスでスリリングな大観光旅行。総距離約2420キロ、旅程108日を追体験。（石川英輔）

「幕末」に殺された女たち　菊地明

黒船来航で幕を開けた激動の時代に、心ならずも命を落としていった22人の女性たちを通して描く、もうひとつの幕末維新史。文庫オリジナル。

闇屋になりそこねた哲学者　木田元

原爆投下を目撃した海軍兵学校帰りの少年は、ハイデガーとの出会いによって哲学を志す。自伝の形を借りたユニークな哲学入門。（与那原恵）

名画の言い分　木村泰司

「西洋絵画は感性で見るものではなく読むものだ」。斬新で具体的なメッセージを豊富な図版とともにわかりやすく解説した西洋美術史入門。（鴻巣友季子）

考現学入門　今和次郎／藤森照信編

震災復興後の東京で、都市や風俗への観察・採集からはじまった〈考現学〉。その雑学の楽しさを満載し、新編集でここに再現。（藤森照信）

レトリックと詭弁　香西秀信

「沈黙を強いる問い」「論点のすり替え」など、議論に仕掛けられた巧妙な罠に陥ることなく、詐術に打ち勝つ方法を伝授する。

紅一点論　斎藤美奈子

「男の中に女が一人」は、テレビやアニメで非常に見慣れた光景である。その「紅一点」の座を射止めたヒロイン像とは⁉　（姫野カオルコ）

桜のいのち庭のこころ　佐野藤右衛門　塩野米松聞き書き

花は桜の最後の仕事なんですわ。花を散らして初めて芽が出て一年間の営みが始まるんです——桜守と呼ばれる男が語る、桜と庭の尽きない話。

映画は父を殺すためにある　島田裕巳

〝通過儀礼〟で映画を分析することで、隠されたメッセージを読み取ることができる。宗教学者が教える、ますます面白くなる映画の見方。　（町山智浩）

なぜ日本人は戒名をつけるのか　島田裕巳

多くの人にとって実態のわかりにくい〈戒名〉。宗教と葬儀の第一人者が、奇妙な風習の背景にある日本仏教と日本人の特殊な関係に迫る。　（水野和夫）

木の教え　塩野米松

かつて日本人は木と共に生き、木に学んだ教訓を受け継いできた。効率主義に囚われた現代にこそ生かしたい「木の教え」を紹介。　（丹羽宇一郎）

手業に学べ　心　塩野米松

失われゆく手仕事の思想を体現する、伝統職人の聞き書き。「心」は斑鳩の里の宮大工、秋田のアケビ蔓細工師など17の職人が登場、仕事を語る。

手業に学べ　技　塩野米松

伝統職人たちの言葉を刻みつけた、渾身の聞き書き。「技」は岡山の船大工、福島の野鍛冶、東京の檜皮葺き職人など13の職人が自らの仕事を語る。

星の王子さま、禅を語る　重松宗育

『星の王子さま』には、禅の本質が描かれている。住職でアメリカ文学者でもある著者が、難解な禅の哲学を指南するユニークな入門書。　（西村惠信）

江戸へようこそ　杉浦日向子

江戸人と遊ぼう！　北斎も、源内もみ〜んな江戸のワタシラだ。江戸人に共鳴する現代の浮世絵師が、イキイキ語る江戸の楽しみ方。　（泉麻人）

大江戸観光　杉浦日向子

はとバスにでも乗った気分で江戸旅行に出かけてみましょう。歌舞伎、浮世絵、狐狸妖怪、かげま……。名ガイドがご案内します。　（井上章一）

ぼくが真実を口にすると 吉本隆明88語　勢古浩爾

吉本隆明の著作や発言の中から、とくに心に突き刺さったフレーズ、人生の指針となった言葉を選び出し、それを手掛かりに彼の思想を探っていく。

県民性の人間学　祖父江孝男

県民性は確かに存在する。その地域独特の文化や風習、気質や習慣など、知れば知るほど納得のトピックを、都道府県別に楽しく紹介する。

ことばが劈《ひら》かれるとき　竹内敏晴

ことばとこえとからだと、それは自分と世界との境界線だ。幼時に耳を病んだ著者が、いかにことばを回復し、自分をとり戻したか。

「自分」を生きるための思想入門　竹田青嗣

なぜ「私」は生きづらいのか。「他人」や「社会」をどう考えたらいいのか。誰もがぶつかる問題を平易な言葉で哲学し、よく生きるための〝技術〟を説く。

春画のからくり　田中優子

春画では、女性の裸だけが描かれることはなく、男女の絡みが描かれる。男女が共に楽しんだであろう性表現に凝らされた趣向とは。図版多数。

江戸百夢　田中優子

世界の都市を含みこむ「るつぼ」江戸の百の図像（手拭いから彫刻まで）を縦横無尽に読み解く。平成12年度芸術選奨文部科学大臣賞、サントリー学芸賞受賞。

張形と江戸女　田中優子

江戸時代、張形は女たち自身が選び、楽しむものだった。江戸の大らかな性を春画から読み解く。図版追加。カラー口絵4頁。　（白倉敬彦）

カムイ伝講義　田中優子

白土三平の名作漫画『カムイ伝』を通して、江戸の社会構造を新視点で読み解く。現代の階層社会の問題が見えると同時に、エコロジカルな未来も見える。

戦前の生活　武田知弘

軍国主義、封建的、質素倹約で貧乏だったなんてウソ。意外で驚きなトピックが満載。夢と希望に溢れ、ゴシップに満ちた戦前の日本へようこそ。

暴力の日本史　南條範夫

上からの暴力は歴史を通じて常に残忍に人々を苦しめてきた。それに対する庶民の暴力はいかに興り敗れてきたか。残酷物の名手が描く。　（石川忠司）

軍事学入門　別宮暖朗
「開戦法規」や「戦争（作戦）計画」、「動員とは何か」、「勝敗の決まり方」など〝軍事の常識〟を史実に沿って解き明かす。（住川碧）

日本海海戦の深層　別宮暖朗
連合艦隊の勝利は高性能の兵器と近代砲術の組み合わせによる。『坂の上の雲』では分からない全体像をハードとソフトの両面で再現し、検証する。

日露戦争陸戦の研究　別宮暖朗
陸戦勝利の背景には、独善的な作戦計画を実情に合わせて修正し、戦機を摑んだ指揮官・兵士の苦闘があった。五つの主要な作戦を例に検証する。

脳はなぜ「心」を作ったのか　前野隆司
「意識」とは何か。どこまでが「私」なのか。死んだら「心」はどうなるのか。――「意識」と「心」の謎に挑んだ話題の本の文庫化。（夢枕獏）

錯覚する脳　前野隆司
「意識のクオリア」も五感も、すべては脳が作り上げた錯覚だった！　ロボット工学者が科学的に明らかにする衝撃の結論を信じられますか。（武藤浩史）

語る禅僧　南直哉
自身の生き難さと対峙し、自身の思考を深め、今と切り結ぶ言葉を紡ぎだす。永平寺修行のなかから語られる「宗教」と「人間」とは。（宮崎哲弥）

英国の貴族　森護
イギリスの歴史に大きな地位を占める公爵10家の成り立ちと変遷を、個性的な人物たちや数々のエピソードに絡めて興味深く紹介する。

現人神の創作者たち（上）　山本七平
日本を破滅の戦争に引きずり込んだ呪縛の正体とは何か。幕府の正統性を証明しようとして、逆に「尊皇思想」が成立する過程を描く。（山本良樹）

現人神の創作者たち（下）　山本七平
将軍から天皇への権力の平和的移行を可能にしたのは、水戸学の視点からの歴史の見直しだった。その過程を問題史的に検討する。（高澤秀次）

希望格差社会　山田昌弘
職業・家庭・教育の全てが二極化し、「努力は報われない」と感じた人々から希望が消えるリスク社会日本。「格差社会」論はここから始まった！

異界を旅する能 安田登
「能」は、旅する「ワキ」と、幽霊や精霊である「シテ」の出会いから始まる。そして、リセットが鍵となる日本文化を解き明かす。（松岡正剛）

脳と魂 養老孟司 玄侑宗久
解剖学者と禅僧。異色の知による変幻自在な対話。二人の共振から、現代人の病理が浮き彫りになり、希望の輪郭が見えてくる。（茂木健一郎）

ちぐはぐな身体《からだ》 鷲田清一
ファッションは、だらしなく着くずすことから始まる。中高生の制服の着崩し、コムデギャルソン、刺青等から身体論を語る。（永江朗）

哲学個人授業 鷲田清一 永江朗
哲学者のとぎすまされた言葉には、歌舞伎役者の切る「見得」にも似た魅力がある。哲学者23人の魅惑の言葉。文庫版では語り下ろし対談を追加。

ちゃんと食べてる？ 有元葉子
元気に豊かに生きるための料理とは？ 食材や道具の選び方、おいしさを引き出すコツなど、著者の台所の哲学がぎゅっとつまった一冊。（高橋みどり）

イギリス人の知恵に学ぶ「これだけはしてはいけない」夫婦のルール ブランチ・エバット 井形慶子監訳
一九一三年に刊行され、イギリスで時代を超えて読み継がれてきたロングセラーの復刻版。現代の日本でも妙に納得できるところが不思議。

よみがえれ！ 老朽家屋 井形慶子
吉祥寺商店街近くの昭和の一軒家を格安でリフォーム、念願の店舗付住宅を手に入れるまで。住宅エッセイの話題作、ついに文庫化！

突撃！ ロンドンに家を買う 井形慶子
ロンドンの中古物件は古いほど価値がある。夢を果たすために東奔西走、お屋敷から公団住宅まで歩いて知った英国式「理想の家」の買い方。（菊地邦夫）

哺育器の中の大人［精神分析講義］ 伊丹十三 岸田秀
愛や生きがい、子育てや男(女)らしさなど具体的な問題について対話し、幻想・無意識・自我など精神分析の基本を分かりやすく解き明かす。（春日武彦）

英語に強くなる本 岩田一男
昭和を代表するベストセラー、待望の復刊。暗記やテクニックではなく本質を踏まえた学習法は今も新鮮なわかりやすさをお届けします。（晴山陽一）

英単語記憶術　岩田一男

単語を構成する語源を捉えることで、語の成り立ちを理解することを説き、丸暗記では得られない体系的な英単語習得を提案する50年前の名著復刊。

英熟語記憶術　岩田一男

英語のマスターは熟語の征服にかかっている！　単語を英語的な発想法で系統的にとらえることにより、派生する熟語を自然に理解できるよう目指す。

サヨナラ、学校化社会　上野千鶴子

東大に来て驚いた。現在を未来のための手段とし、偏差値一本で評価を求める若者。ここからどう脱却する？　丁々発止の議論満載。（北田暁大）

パーソナリティ障害がわかる本　岡田尊司

性格は変えられる。「パーソナリティ障害」を「個性」に変えるために、本人や周囲の人がどう対応し、どう工夫したらよいかがわかる。（山登敬之）

学校って何だろう　苅谷剛彦

「なぜ勉強しなければいけないの？」「校則って必要なの？」等、これまでの常識を問いなおし、学ぶ意味を再び摑むための基本図書。（小山内美江子）

独学のすすめ　加藤秀俊

教育の混迷と意欲の喪失には出口が見えないが、IT技術は「独学」の可能性を広げている。「やる気」という視点から教育の原点に迫る。（竹内洋）

発声と身体のレッスン　鴻上尚史

あなた自身の「こえ」と「からだ」を自覚し、魅力的に向上させるための必要最低限のレッスンの数々。続ければ驚くべき変化が！（安田登）

恋愛力　齋藤孝

「恋愛力」は「コメント力」である、という観点から様々な恋愛小説の中のモテる男のどこが優れているかを解き明かす。（眞鍋かをり）

やる気も成績も必ず上がる家庭勉強法　齋藤孝

勉強はやれば必ずできるようになる！　ちょっとしたコツで勉強が好きになり、苦痛が減る方法を伝授する。家庭で親が子どもと一緒に学べる方法とは？

わたしの三面鏡　沢村貞子

七十歳を越えた「脇役女優」が日々の暮らしと、一喜一憂する心を綴ったエッセイ集。気丈に、しかし心おだやかに生きる明治女の矜持。（近藤晋）

ちくま文庫

吉本隆明《よしもとたかあき》という「共同幻想《きょうどうげんそう》」

二〇一六年十月十日　第一刷発行

著　者　呉智英（くれ・ともふさ）
発行者　山野浩一
発行所　株式会社　筑摩書房
東京都台東区蔵前二―五―三　〒一一一―八七五五
振替〇〇一六〇―八―四一二三
装幀者　安野光雅
印刷所　株式会社加藤文明社
製本所　加藤製本株式会社

乱丁・落丁本の場合は、左記宛にご送付下さい。
送料小社負担でお取り替えいたします。
ご注文・お問い合わせも左記へお願いします。
筑摩書房サービスセンター
埼玉県さいたま市北区櫛引町二―六〇四　〒三三一―八五〇七
電話番号　〇四八―六五一―〇〇五三

ISBN978-4-480-43392-3 C0110